도시
독립
생활

혼자 살고 혼자 일하는 사람의 일, 관계, 그리고 삶

도시 독립생활

초판 1쇄 2025년 1월 20일

지은이   김시도

편집   김화영
디자인   박나나 (pencillednana@naver.com)
마케팅   어쩌면 이 책을 읽은 누군가

펴낸이   김화영
펴낸곳   책나물
등록   제2021-000026호(2021년 3월 8일)
이메일   booknamul@daum.net
블로그   blog.naver.com/booknamul
인스타그램   @booknamul

ISBN 979-11-92441-22-1 03810

혼자 살고 혼자 일하는 사람의 일, 관계, 그리고 삶

도시
독립
생활

김시도 에세이

차ㄴㅁ

1부. 대체로 좋지만, 대체로 외로운

2부. 목숨 걸고
일하진 않으면서
살아남는 방법

3부. 관계 속에서 고군분투하기

4부. 히치하이커의 마음으로

작가의 말

30대 중반에 다니던 회사를 무작정 그만두고 프리랜서의 삶을 시작했다. 그와 거의 동시에, 부모님 집을 나와 혼자 살았다.

나의 도시 독립생활의 시작이었다.

독립생활은 대체로 좋았지만, 대체로 외로웠다.

혼자 사는 삶은 편했지만 집에 동거하는 생명체가 없는 외로움을 감당해야 했고, 매일 출근하지 않아도 되는 삶도 좋았지만 꼬박꼬박 고정 수입이 있는 게 얼마나 소중한지 깨닫게 됐다. 가끔 팀원들과의 협업도 그리웠다.

주위에 자취를 해본 사람이 생각보다 적다는 걸 알게 됐다. 특히 나처럼 서울에서 태어나고 서울에서 자라 직장인이 된 경우, 결혼할 때까지 부모님과 같이 사는 경우가 많다.

서울의 비싼 생활비와 집값을 생각하면 서울에서 자취를 하는 게 쉽지 않다는 걸 알지만, 그래도 주변 사람들에게 한 번쯤은 독립생활을 해보라고 권유하는 편이다.
독립생활을 해보고 나서야 알 수 있는 것들이 많기 때문이다.

가사 노동을 직접 해보면 그동안의 내 일상이 누군가의 수고로 유지될 수 있었다는 걸 깨닫게 된다. 매끼 누군가가 나에게 밥을 해주기만을 기다리는 사람이 되지 않으려면, 최소한 자기 손으로 설거지를 하고 화장실 청소도 하고 음식물 쓰레기도 버리는 사람이 되려면, 혼자서도 살아봐야 한다.

직장으로부터의 독립은 조금 다른 문제다. 회사의 테두리를 벗어나 외부로 나와서 혼자 먹고사는 일이 결코 쉽지 않다는 걸 알기 때문이다. 직장생활에 대해 불평하는 지인들에게 섣불리 퇴사하라고 하지 않는 이유다. 매일 출근이 지겹더라도 막상 회사를 떠나보면 출근이 그리워지는 시기가 올 수도 있다.

하지만 이제 혼자서도 잘 살고, 직장에 얽매이지 않고 일을 해야 하는 게 필수인 시대가 오고 있는지도 모른다.

인간은 소속되고 연결되고 싶은 갈망과, 자유롭고 싶은 갈망 사이에서 늘 갈팡질팡하는 존재다. 익숙한 집과 직장을 떠나 독립생활을 해보면 내가 진정 갈망하는 게 무엇인지, 그래서 앞으로 어떻게 살고 싶은지가 더 선명해질 수도 있다. 혼자 살고 혼자 일하는 게 맞는 체질이라는 걸 깨닫게 될 수도 있고, 독립생활에서 탈출하고 싶은 마음이 갈수록 커질 수도 있다.

그러다 인생은 결국 홀로 감내해야 하는 것이라는 걸 뼈저리게 깨닫게 된 어느 날, 사람과도, 세상과도 더 좋은 관계를 맺고 싶다는 강렬한 열망이 마음 깊은 곳에서 피어오를지도 모른다.

1부. 대체로 좋지만,
대체로 외로운

혼자 사는 삶이란

•

서러움은 예상치 못한 날에 찾아왔다.

개운하게 샤워 후 기분 좋게 샤워 가운을 걸치고 나왔는데, 등 쪽 부위가 건조하다 못해 미치도록 따갑고 가려웠다. 나는 손에 로션을 듬뿍 담아 그 부위에 바르기 위해 팔을 힘차게 뒤로 뻗었다. 슬프게도, 팔을 최대한 뒤로 꺾었지만 그곳에 로션 듬뿍 바른 내 손은 닿지 않았다. 광배근과 하부 승모근의 경계, 척추기립근 근처에 있는 그곳, 나는 그곳에 미치도록 로션을 바르고 싶었다!

혼자 어떻게든 등 뒤에 로션을 발라보려고 이런저런 자세로 바둥거리는 걸 누가 보았다면 분명 인생이란 가까이에서 봐도 희극, 멀리서 봐도 희극이라고 했을 거다. 왜 '효자손'은 있는

도시 독립생활

데 '로션 손' 같은 건 없는 것인가. 검색해보니, 없는 게 없다는 '다○소'에도 없었다. 네 집 건너 하나가 1인 가구인 일코노미* 시대에 말이다.

물론 혼자 사는 것의 장점은 많다. 무엇보다 주거 공간의 주도권을 온전히 내가 가져갈 수 있다. 나는 1인 가구의 세대주이자 가장이자 유일한 구성원이기에, 혼자 있을 수 있는 시간을 원하는 만큼 마음껏 누릴 수 있다. 어떤 일에 집중해야 하거나 혼자 고요함을 느끼고 싶을 때 방해하는 사람이 없고, 집안일 때문에 누군가와 부딪힐 일도 없으니, 외출했다 귀가 후엔 평정심을 잃을 일이 없다.

원치 않는 소음으로부터도 해방될 수 있다. 가족과 같이 살 때 들어야 했던 각종 잔소리부터 부모님이 매일 보시던 아침 드라마, 일일드라마, 월화드라마, 수목드라마, 주말연속극 등등…… TV 프로그램에서 나는 원치 않던 소음은 전부 일상에서 사라졌다.

혼자 사는 건 살아가기 위해 필요한 최소한의 노동을 스스로

* 일코노미(1 + Economy)는 한 사람을 의미하는 '1'과 경제를 뜻하는 영어인 '이코노미(Economy)'의 합성어로, 혼자만의 소비 생활을 즐기는 사람들로 인해 생기는 경제 현상을 말한다.

해나가는 과정이기도 하다. 일주일에 한 번, 분리수거를 하는 일요일에는 쓰레기를 꼭 버려야 하고, 갈아입을 속옷과 양말을 확보하기 위해 빨래를 해야 한다. 집안일을 최소화하기 위해 나는 웬만한 더러움은 견디는 쪽을 택했다. 하지만 바닥에 먼지가 너무하다 싶게 많이 보이면 청소기를 돌려야 한다. 가끔은 걸레질도 해야 한다. 화장실 변기와 세면대, 욕조도 가끔은 청소를 해줘야 한다.

독립을 하면서 엄마가 해주는 음식과는 이별했지만, 나는 전통 한식이 아닌 내가 원하는 식단을 짤 수 있게 되었다. 파프리카와 버섯과 햄, 치즈를 넣고 만든 또띠아 피자가 독립 후 한동안 내 주식이었다. 브로콜리를 사서 물에 데쳐서 샐러드로 만들어 먹기도 했다. 나 혼자 요리를 하건, 누가 와서 무엇을 먹고 가건 설거지는 나의 몫이다. 설거지의 고단함을 알게 되면서 가끔 부모님 집에 가서 밥을 얻어먹으면 식사 설거지는 내가 자발적으로 하게 되었다.

혼자 사는 건 대체적으로 좋지만, 대체적으로 외롭다. 가끔 내 집이 아무 기쁨도 슬픔도 없는 무미건조한 3차원의 공간같이 느껴지기도 한다. 파스칼은 "무한한 우주의 영원한 침묵이 나를 위협한다."라고 했다. 나를 위협하는 건 혼자 있을 때 집 안에 스며드는 침묵이다. 그래서 잠이 잘 오지 않는 날에는 무언가 살아 있는 것이 옆에 있으면 좋겠다는 생각이 든다.

생각해보면 어렸을 때부터 옆에 살아 있는 누군가가 있을 때 잠이 잘 왔다. 고양이를 길러볼까도 생각했지만 엄두가 나지 않았다. 사룟값과 고양이 털, 한 생명을 죽을 때까지 책임져야 하는 부담감을 생각하면 감당할 수 없을 것 같았다. 고양이를 두세 마리씩 키우는 주변의 집사들이 겁(?)을 주는 것도 한몫 했다. 고양이가 있으면 여행은 절대 가지 못할 거라는 얘기를 들었기 때문이다.

사실 처음엔 혼자 살게 되면 홈파티를 신나게 열 줄 알았다. 애인도 곧 생겨 외로울 시간이 없을 거라고 믿었다. 그런데 언제는 사는 게 생각대로 되던가. 솔로 기간은 길어지기 시작했고, 친구들에게 매일매일 놀러 오라는 초대장을 보낼 수도 없는 노릇이었다. 누가 그랬지. 우리는 혼자 살아갈 수 없어서 슬픈 게 아니고 혼자 살아갈 수 있어서 슬픈 거라고.

대체로 좋지만, 대체로 외로운

다행히, 외로울 땐 따뜻한 물이 나를 위로해주었다. 나는 한동안 매일 욕조에 뜨거운 물을 받아 몸을 담그곤 했다. 내 몸을 터치해주는 따뜻한 물길이 없었으면 아마 탈이 났을지 모른다. 하절기엔 운이 좋으면 가끔 모기가 와서 나를 물어주긴 한다. 내 몸을 원하는 존재가 있다는 게 얼마나 기쁜 일인지!

대부분의 사람들은 일생에 두 번의 가족을 갖게 된다. 내가 태어나고 자란 가족, 그리고 그 가족을 떠나 내가 만들어가는 가족. 내가 태어나고 자랐던 가족에서 나는 떨어져 나왔다. 첫 번째 가족과는 이제 어쩌면 영영 한집에서 같이 살 일이 없을지 모르지만, 대신 사이는 좋아졌다. (같이 살지 않고, 자주 보지 않으면 그렇게 된다.)

내가 만들어갈 가족은 어떤 형태가 될까. 다른 가족 구성원을 추가하지 않은 채 독거중년—독거노인의 '테크트리'를 타는 건 아닌가 두렵기도 하다.

너무 두려워 말고 일단은 혼자서도 잘 지내려고 한다. 집에 혼자서 세탁기를 돌릴 때 가끔 쏴아— 하고 물이 빠지고 세탁기가 톨—톨—톨— 하고 돌아가는 소리를 듣다 보면, 내가 만들어내는 일상의 리듬 같기도 하고, 정겹게 느껴지기도 한다.

무엇보다 나에겐 아침에 눈을 떠서 잠들 때까지 함께하는, 유튜브와 넷플릭스라는 벗이 있지 않은가. 함께 추억을 공유할 수 있는 존재가 필요하지 않냐고? 조만간 넷플릭스나 유튜브에도 챗GPT가 탑재돼서 "김시도 님, 우리 예전에 이런 프로그램 봤던 거 알아요?"라고 말을 걸어줄지도 모른다.

대체로 좋지만, 대체로 외로운

복층 오피스텔요?
'한 번쯤' 살아볼 만하죠!

•

복층 오피스텔은 그러니까… 아파트에만 살아온 사람에겐 높은 층고부터 경이롭게 다가온다.

바닥부터 천장까지 3미터는 훌쩍 넘는 높이라, 집 안에 농구대를 설치해도 괜찮을 것 같은 생각이 든다. 볕이 잘 드는 탁트인 넓은 창에, 빌트인 드럼세탁기와 냉장고가 풀옵션으로 들어가 있으며, 부엌의 흰색 아일랜드 식탁은 공간의 품격과 효율을 한층 높인다. 샤워실엔 별도의 샤워 박스까지 갖춰져 있고, 낮엔 아래층에서 생활하다가 밤에는 위층에서 잠잘 수 있으니 생활 공간과 취침 공간의 분리도 가능하다.

그러니 부모님과 같이 살 땐 시도할 수 없었던, 내가 진정 원하던 도회적인 느낌의 '미니멀한 라이프'를 구현할 수 있을 것

도시 독립생활

같은 꿈에 부풀게 되는 것도 무리는 아니다. 내가 드디어 진정한 '차도남'이 되는구나, 싶어진다.

취직을 하고 사회인이 되어 첫 독립을 하려는 사람에게 한 번쯤 찾아오는 유혹.
주거계의 '예쁜 쓰레기'라고 불리기도 하는 복층 오피스텔.

부동산 사이트나 앱에서 복층 오피스텔 사진(보통 '업자'들이 찍어 현실보다 더 그럴듯한 사진)을 볼 때는 유혹에 빠지지 않도록 경계해야 한다. 자칫 잘못 봤다가는 "자, 이래도 복층 오피스텔에 안 살래?"라는 속삭임이 귓가에 들릴 수도 있다. 처음 자취를 하려고 집을 알아보던 내가 그랬듯이.

부모님과 함께 살다가 독립을 해야겠다고 마음먹고 부동산 사이트를 휘리릭 둘러보던 중, 나는 살던 집 근처에 비교적 싼 가격의 복층 오피스텔이 전세로 나와 있는 걸 발견했다. 사이트에서 본 복층 오피스텔의 실내 사진은 내 마음을 단숨에 사로잡았다. 곧바로 부동산에 전화해 그 집을 보러 갔고, 탁 트인 통유리창에 공간도 생각보다 널찍해서 더 마음에 들었다. 바

대체로 좋지만, 대체로 외로운

로 전세 계약을 했고, 몇 주 후 부푼 마음으로 그 집에 들어갔다.

하지만 상대의 외모만 보고 사귀었다가 성격을 알게 되고 나서 난감해지는 연애처럼, 내가 이사 간 복층 오피스텔의 문제를 발견하게 되기까진 그리 오래 걸리지 않았다.

입주한 지 얼마 되지 않은 어느 날, 땅거미가 지고 바깥이 어스름해지던 늦은 오후였다. 아일랜드 식탁에서 '우아하게' 저녁을 해결하고 잠시 숨을 돌리고 있던 참에, 갑자기 '탁' 하는 소리를 듣고 말았다.

순간, 아니 이게 무슨 소리야 싶었다.

그리고 곧, 이 소리가 옆집에서 '탁' 하고 불 켜는 스위치 소리라는 걸 알게 되었다.

나는 벽을 만져보았다.
'아니 이… 이건 분명히 벽인데… 이게 무슨 칸막이도 아닌데?'

벽의 재질이 대체 무엇으로 만들어졌는지, 공사를 대체 어떻게 한 건지 의심스러워지면서 이 황당한 상황에 무척 당혹감을 느꼈다. 층간 소음이라는 말은 들어봤어도 벽간 소음이 존재할 수 있다는 건 첨 알게 됐다. 하지만 이제 와서 무얼 어떻게 돌이킬 수 없는 상황이라는 걸 또한 재빠르게 생각해냈고, 이내 체념의 상태가 됐다.

그 순간부터 내가 주거하는 공간은 '나만의 공간'이 아니라 옆집의 누군가와 칸막이를 사이에 두고 공유하는 공간이 됐다. 한번은 습관처럼 혼자 집에서 컴퓨터를 하면서 노래를 부르고 있는데 옆집에서 갑자기 벽을 '탁'(이라고 듣고 '닥쳐'라고 쓴다) 치는 소리가 들렸다. 나는 깜짝 놀라 노래를 멈추었다. 그 일 이후, 나는 그 집을 나오기 전까지 절대 집에서 노래를 부르지 않게 되었다. 그리고 집에 있으면 옆집에 사는 사람이 지금도 귀를 쫑긋 세우고 있진 않을까, 하고 신경이 쓰였다.

점입가경으로, 특정한 시간대가 되면 밤마다 옆집(?)에서 신음 소리가 들리기 시작했다. 처음엔 '저 커플은 참 금슬도 좋

대체로 좋지만, 대체로 외로운

네' 하며 넘겼으나, 신음 소리가 반복적으로 들리자 의심이 들었다. 말로만 듣던, 오피스텔에서 이상한 영업을 하는 곳인가 하는.

복층 오피스텔의 또 다른 문제점은 공기 순환이 잘 안 되고 창이 너무 커 난방과 단열 효율이 떨어진다는 것이었다. 한마디로 알아듣기 쉽게 얘기하면, 겨울엔 춥고 여름엔 덥다. 겨울이 되면 커다란 창 아래에 있는 에어컨 실외기로 찬 바람이 숭숭 들어온다. 아파트에 살 때는 한겨울에도 속옷 차림으로 지냈는데, 이제는 실내에서도 항상 옷을 여러 겹 입을 뿐 아니라 잘 때는 이불로 꽁꽁 몸을 싸매는 것도 모자라 온수 매트까지 켜놓고 자야 했다.

문제는 더 있었다. 내가 거주하는 층은 3층이었는데 그 아랫집이 바로 고깃집과 술집이었다는 것. 봄부터 가을까지 밤에 창을 열어놓고 자려고 하면 야외 테이블에서 사람들이 술 마시고 떠드는 소리가 다 들렸다. 소리는 '사람들 참 정겹네' 하고 넘겼으나 고기 굽는 연기까지 올라오는 건 참기가 힘들었다.

너무 문제점들만 나열했지만, 복층 오피스텔에 절대 살면 안 된다고 말하는 건 아니다. 내가 살던 오피스텔도 장점이 많았다. 주상 복합 건물이라 병원이나 식당이 같은 건물에 있어 생활하기 편했고, 지하철역이 바로 앞이라 교통도 편리했다. 무엇보다 비교적 싼 가격에 공간을 넓게 쓸 수 있어 좋았다. 최근 복층 오피스텔에 사는 지인 집에 놀러 갔는데 지은 지 얼마 되지 않아 그런지 단열이나 난방 효율도 내가 살던 오피스텔보단 괜찮은 것 같았다. 한편 어느 오피스텔이든 놀러 가면 옆집하고 방음은 잘 되는지 꼭 물어보는 버릇도 생겼다.

부동산 사이트나 인터넷 카페를 보면 복층 오피스텔을 소개할 때 '한 번쯤 살아볼 만한'으로 시작하는 문구가 많다. 그 문구가 사실 '한 번쯤'에 방점이 찍혀 있었다는 걸, 2년간 오피스텔에 살아보고 나서 알게 됐다.

"복층 오피스텔은 사람이 살 만한 곳이 아녜요. 거기서는 식물도 금방 죽는다니까요."
오피스텔 전세 기간이 끝나갈 무렵, 동네 바 사장과 오피스텔의 문제점을 얘기하다가 저 말을 듣고 바로 수긍했다. 그리고 익숙한 주거환경인 아파트로 다시 이사를 갔다.

　복층 오피스텔에서 살 수 있는 시절은 이제 끝나버린 느낌이다. 복층 오피스텔에 살 일은 아마 다시는 없을 것이다. 이미 '한 번쯤' 살아봤으니 말이다.

　집도 사람도 겪어봐야 아는 법이라고, 오피스텔의 주거환경이 본인의 라이프 스타일과 맞는 사람도 분명 있을 것이다. 대신 복층 오피스텔에서 기왕 살 거라면 한 살이라도 젊을 때 살아보길 권한다. 그렇게 복층 오피스텔에 한 번쯤 살아보면 복층 오피스텔에 로망이 있는 누군가에게 '복층 오피스텔은 그러니까…'라고 운을 떼며 그곳에서의 경험담을 신나게 얘기할 수 있을 것이다. 지금의 나처럼.

동네에 단골 카페가 있다는 것

•

단골 카페의 마지막 영업일이 기억난다.

초겨울이었고, 그날도 나는 혼자 카페로 향했다. 카페는 왠지 적막했다. 카페 주인의 모습도 보이지 않았다. 나는 평소처럼 따뜻한 아메리카노를 주문했다. 가끔 공짜로 사이즈업을 해주기도 했던 직원분이 "그동안 자주 오셨는데 서운하시겠어요."라고 말했다. 쫑파티 같은 건 안 하냐고 물었더니, 그런 건 없다고 했다. 내가 카페 주인이었다면 단골손님을 초대해 밤 늦게까지 이어지는 쫑파티를 열었을 텐데.

약속이 없는 주말이나 휴일엔 어김없이 책 한 권을 들고 그 카페에 갔다. 그 카페를 좋아했던 건 야외 테이블이 있기 때문이었다. 나는 춥지 않으면 보통 실내보다는 야외 테이블에 자

대체로 좋지만, 대체로 외로운

리를 잡곤 했다. 카페에 있을 땐 주로 나 혼자였다. 혼자 보낸 시간도 추억으로 남았다. 어느 여름밤 카페에서 아이스 아메리카노를 마시며 스티븐 킹 소설을 읽다가 무서운 장면에서 혼자 소름이 돋기도 했고, 어느 저녁 그곳에서 커피를 마시던 중 좋아하던 가수의 사망 소식을 접하고 눈물을 흘리기도 했다. 가끔은 당시 사귀던 여자친구와 같이 가기도 했다. 그렇게 마지막 영업일 후에 정들었던 카페가 사라지고, 그 공간엔 치킨집이 들어섰다. 그 후 얼마 안 돼 나는 이사를 했다.

정기적으로 출퇴근을 하지 않게 되면서부터 나는 본격적인 '카일족'이 되었다. 회의나 다른 일정이 없는 날, 눈을 뜨면 어김없이 집 근처 새로운 단골 카페로 출근한다. 어느덧 이곳에도 정이 들었다. 커피를 주문하고 출근 도장 찍듯 멤버십 포인트를 꼬박꼬박 적립한다. 오전 10시부터 11시 사이에 가면 내 '지정석'은 늘 비어 있다. 어쩌다 조금 늦게 가거나 주말에 그 자리에 누가 앉아 있기라도 하면 내 자리를 뺏긴 것 같은 기분이 들기도 한다.

노트북 충전 선을 콘센트에 꽂고, USB 선을 휴대전화와 연결하면 기기 세팅이 완료된다. 그 후엔 노트북을 켜고 주식 HTS를 띄운다. 네이버에 접속해 뉴스를 훑어본 후 탭을 하나 더 열어 유튜브에 들어간다. 헤드셋을 끼고 들을 곡을 클릭하고 나서야 업무를 시작한다. 유튜브로 흘러나오는 음악을 BGM 삼고 간간이 주식창을 들여다보면서 업무를 처리하다 보면 오전은 쉽게 흘러간다. 정오쯤, 추가로 주문한 아메리카노와 함께 간단한 베이글이나 견과류를 먹으며 점심 끼니를 때운다. 오후엔 카페인 함유량이 적은 라떼나 에이드를 하나 더 시킨다. 저녁이 되기 전 카페에서 보낸 시간이 6~7시간은 훌쩍 넘어간다.

카페로 출근하는 이유는 집에서는 집중이 잘되지 않기 때문이다. 적당한 편안함과 적절한 긴장감이 있는 곳. 카페는 광장과 밀실의 중간쯤 되는 장소다. 많은 사람들이 이곳에 머물렀다 간다. 양복 차림의 직장인, 후드티에 캡을 눌러쓰고 노트북으로 무언가를 열심히 하는 학생, 아이를 데리고 온 젊은 엄마, 보험 설계사와 고객 등등 놓여 있는 테이블 수만큼의 삶이 모였다가 흩어진다. 카페는 늘 새로운 조합의 밀실이 만들어내는 작은 광장이다.

대체로 좋지만, 대체로 외로운

아주 작은 카페는 부담스럽다. 카페 주인과의 거리가 너무 가깝기 때문이다. 익명성과 나만의 독립된 공간을 확보하려면 적당히 큰 카페에 가야 한다. 내가 출근하다시피 했던 카페의 사장님도 거의 매일 마주치지만 딱히 내게 친하게 말을 붙이진 않았다. 내가 시키는 메뉴가 뭔지 알기에, 주문할 때 "아이스 아메리카노 라지, 맞죠?" 정도로 아는 척을 할 뿐이다.

카페를 좋아하지만, 커피의 종류에 대해서는 잘 모른다. 사실 내게 커피 맛은 그다지 중요하지 않다. 넓은 테이블과 빵빵한 와이파이, 그리고 노트북을 충전할 수 있는 콘센트와 깔끔한 화장실이 갖춰져 있는지가 더 중요하다.

카페에 갈 때 헤드셋은 필수품이다. 취향이 아닌 음악이 흘러나오거나, 옆자리에 앉은 사람들이 귀청이 떨어지게 크게 웃으며 수다를 떨 땐 바깥소리를 차단해야 하니까. 그럴 땐 높은 볼륨은 청력을 손상시킬 수 있다는 노트북의 친절한 경고문을 무시하고 나는 볼륨을 최대로 높인다. 마감이 임박했거나 정말 집중해야 할 일이 있으면 집중력을 흐트러뜨리지 않기 위해 사람 목소리가 나오지 않는 클래식 음악을 틀어놓는다. 가끔은 바로 옆 밀실에서 나누는 얘기가 귀에 흘러들어오기도 한다. 그들의 대화를 무심코 듣다가 '그건 아니야!'라고 속으로 오지랖을 부릴 때도 있다. 카페에서 나누는 대화를 채집해서 기록으로 남기면 뭔가 의미 있는 인류학 연구가 되지 않을까 하는 엉뚱한 생각도 한다.

누군가는 카페를 가는 이유를 '외롭지 않기 위해서'라고 했다. 직장을 다니지 않고 혼자 살게 되면서 하루에 거의 한 마디도 하지 않는 날이 종종 생긴다. 그럴 때 카페에서 들리는 사람들의 대화와 음악 소리, 소음은 외로움을 느끼지 않게 해주고, 적당한 자극이 된다. 우리의 뇌를 자극하기 가장 적합한 곳은 사무실이 아니라 카페라는 연구 결과도 있지 않은가.

카페가 금연 장소로 지정되면서 카페에 앉아 담배 한 모금에 책 한 줄의 낭만을 누릴 수 있는 시대는 지났다. 그래서 내 멋대로 음악을 틀 수 있는 심야 카페를 상상하곤 한다. 밤에 잠 못 드는 사람들이 찾아와 커피 한 잔에 담배를 태우며 시간을 흘려보낼 수 있는 장소 말이다. 주로 몽환적인 음악을 틀고, 가끔 자정 너머까지 파티를 여는 카페. 문 닫는 시간은 새벽 4시

대체로 좋지만, 대체로 외로운

쯤이 좋겠다.

  만남이 있으면 이별도 있다는 게 사람과 사람뿐 아니라 사람과 공간 사이에도 적용이 된다는 걸, 그래서 단골 카페도 언젠가는 문을 닫는다는 걸, 잊을 만하면 깨닫게 된다. 동네의 또 다른 단골 카페이자 10년 넘게 그 자리를 지켜오던 '모비딕'도 얼마 전 문을 닫았다. 근처에 스타벅스가 생겨도 꿋꿋하게 버텨온 카페다. (그러고 보니 스타벅스는 소설 <모비딕>의 등장인물인 일등 항해사 스타벅Starbuck의 이름에서 나왔다.) 카페가 영업을 종료한다는 안내문을 보고 마음이 헛헛해져서 카페직원에게 혹시 영업이 어려워져서 카페를 닫는 거냐고 물어봤는데, 그런 건 아니고 사장님이 수원으로 이사를 가기 때문이라고 했다. '모비딕'이라는 카페명 때문인지 수원이 도시가 아니라 수원(水源)이 아닐까 하는 엉뚱한 상상을 해보았다. 모비딕이 수원을 찾아 떠나는 건 그럴듯한 결말처럼 느껴지니까.

  아쉬운 마음에 문을 닫기 며칠 전 챗GPT에게 "'Thank you'라는 문구가 들어가 있는 고래 그림을 그려줘"라고 요청했다. 챗GPT가 그린 그림을 프린트해서 카페 문에 '허락 없이

(!)' 붙여놓았다. 영업 마지막날엔 라떼와 함께 핫도그를 시켰
다. 늘 먹던 베이글이 다 떨어졌기 때문이었다. 동네가 훤히 보
이던 카페 옥상(옥상에 올라가는 계단에 심한 애정 행각은 자
제해달라는 경고문이 있는데 옥상에서 지나친 애정 행각을 해
보진 못했다), 바삭바삭하던 베이글, 손님들이 이용할 수 있는
보드 게임, 혼자 앉기에 넉넉한 테이블과 편한 의자, 그리고 다
소 루즈한 음악과 분위기를 만끽하던 그곳에서 설렁설렁 보낸
많은 시간들이 추억으로 남았다.

카페가 영업을 종료하고 우연히 그곳을 지나다가 누가 닫힌
카페 문에 붙여놓은 포스트잇을 보았다.

모비딕 사장님! 그동안 행복한 추억을 만들 수 있도록 쉴 곳을 제공해주셔서 너
무 감사했어요. '모비딕'이라는 책도 덕분에 알게 되었구요. 제게 소중한 장소가
사라져서 슬프지만 더 나은 내일을 보내시길 바랄게요. 따뜻한 미소와 배려, 잊
지 않을게요. 안녕히 계세요!
—카르카손 게임을 즐겨 했던 커플이 드립니다.

"동네에 단골 술집이 생긴다는 건 일상생활에는 재앙일지
몰라도 기억에 대해서는 한없는 축복이다."

대체로 좋지만, 대체로 외로운

소설 <사랑을 믿다>의 첫 구절이다. 나에게는 단골 술집이 아니라 단골 카페로 바꿔야 할 것이다. 파리의 노천카페에서 인생과 철학에 관해 토론하곤 했던 사르트르와 보부아르처럼, 가끔은 카페 말벗이 있으면 좋겠다는 생각도 든다. 하지만 혼자 카페에 오는 것도 즐겁다. 그래서 나는 약속이 없는 주말에도 카페로 향한다. 이곳은 서로 다른 사람들이 잠시 모였다가 흩어지는 곳, 낯선 이들과 침묵의 교류를 하는 곳, 무엇보다 나와 평화롭게 시간을 보낼 수 있는 곳이다.

단골 카페가 있다는 건 일상생활이나 기억에 대해서나 축복이다.

도시 독립생활

1인 가구의 '위드 코로나'

•

"아메리카노 라지, 주세요."

하루에 육성으로 내뱉는 말 중 영어가 70%인 날들이 이어지고 있었다. 글로벌 팬데믹이라는 길고 어두운 터널에 갇혀 있는 동안, 혼자 살고 카페에서 혼자 일하는 '프리랜서 1인 가구'인 나는 카페에서 커피 주문할 때 빼고는 딱히 입을 열 일이 없었다.

'1인 가구'는 원래 적절한 빈도의 만남이나 모임으로 혼자 있을 때의 외로움과 균형을 맞추며 살아가야 한다. 장기간의 사회적 거리 두기로 그 균형이 확 깨졌지만, 그래도 한동안은 괜찮았다. 특별한 일이 없을 땐 주로 혼자 카페에 가서 일하는 게 평소 루틴이었으니까. '언택트' 시대에도 넷플릭스엔 나를 봐달라고 기다리는 드라마와 영화들이 줄 서서 대기 중이었고,

대체로 좋지만, 대체로 외로운

유튜브에는 매일매일 챙겨봐야 할 주식 콘텐츠들이 넘치도록 업로드되고 있었으니까.

팬데믹이란 긴 터널을 지나오는 동안 최악의 암흑기는 셧다운이 절정에 다다랐을 때였다. 2020년 11월, 청천벽력 같은 소식이 전해졌다. 그나마 나의 일상 루틴을 유지할 수 있게 한 최후의 보루였던 카페까지 홀 영업을 할 수 없게 된 것이었다. 그때까진 그나마 잘 유지되던 평정심이 무너지고 말았다.

혼자 일하지만 집에서는 답답해서 일을 못 하는 나 같은 사람에겐 '오픈된 공간에 앉아 커피를 마시면서 일할 수 있는 장소'가 절대적으로 필요했다. 그때 내가 느낀 고립감은 엄청났다. 나처럼 1인 가구에다 프리랜서에다 솔로 신세인 사람들은, 말 그대로 아무도 기다려주는 사람 없는 빈집에 갇혀버렸다.

나는 나 스스로에게 암시를 했다.

카페가 없어도 살 수 있다
내가 앉는 자리가 카페다

도시 독립생활

내가 일하는 곳이 카페다

내가 머무는 곳이 카페다

하지만 별 소용이 없었다. 카페에 가지 못하고 방에서 하루
종일 일하는 건 징역살이를 하는 느낌이었다. 물고기가 물 없
이 살 수 없듯, '카페 홀릭'이 카페 없이 살 순 없는 것이다. 그
러다 집에서 먹을 점심을 사 오기 위해 '카페 잃은 표정'으로
거리를 배회하다가 나는 '유사 카페'를 발견했다. 바로 '서브웨
이' 매장에 사람들이 앉아 있는 것을 보게 된 것이다. 카페가
아니라 음식점으로 등록되어 있어서 홀 영업이 가능한 모양이
었다.

'역시 죽으란 법은 없어!'

나는 이거다 싶어 그때부터 한동안 노트북을 들고 '유사 카
페'로 출근했다. 남들은 샌드위치를 먹는 그곳에서 노트북을
켜고 일하면서 아득바득 커피를 마셔댔다. 물론 마스크 착용
이나 체온 체크 등 방역수칙은 지켰다.

그 시절 유튜브 채널을 여기저기 돌아다니다 보니, 어떤 저

대체로 좋지만, 대체로 외로운

자가 자신이 쓴 책을 읽어주고 있었는데 이런 구절이 있었다.

'내성적인 사람이 살 만한 세상이 왔다. 외향성의 제국에서 소외된 삶을 살아야 했던 그들에게 마침내 해방의 날이 찾아왔다……'

한 '내성적' 하는 나지만 공감보다는 순간 울컥하고 화가 치밀어올랐다. 내 주변 집순이 집돌이들을 관찰한 결과 그들조차 집에 갇혀 있는 걸 갑갑해하고 만남을 그리워하고 있다는 게 밝혀졌는데, 저게 무슨 소린가 싶었다. 지금 사회적 상호작용을 하지 못해서 우울증에 걸린 사람들이 늘어나고 있는데, 어쩐지 얄밉고 한가한 말로 들렸다. (물론 저자님, 평소 핍박받던 내성인들을 대변해준 것뿐이라는 거 잘 압니다. 내성적인 사람을 대변해준 건 감사합니다만, 내성적인 사람이라고 코로나 시국에 해방감을 느낀다는 말은 그다지 와닿지가…… 그리고 '외향성의 제국'은 절대 끝나지 않습니다!)

나는 날이 갈수록 날카로워졌고, 신경질적으로 변하기 시작했다. 처음에는 거리 두기를 철저히 하자는 주의였으나, 사회적 거리 두기를 너무 잘 지키는 것에도 짜증이 나기 시작했다.

038

도시 독립생활

이때가 '코로나 블루'의 절정이었던 것 같다. 다행히도, 내가 더 미쳐버리기(?) 직전에 카페는 다시 오픈을 했다. 나는 더 이상 서브웨이로 출근하지 않아도 되었고, 코로나 블루에서 어느 정도 회복되었다.

백신이 보급되고 대다수 사람들에게 코로나 바이러스에 대한 면역이 생기면서 드디어 '사회적 거리 두기'라는 긴 터널의 끝이 보이기 시작했다. 마스크 의무 착용까지 해제되며 코로나 이전의 삶으로 서서히 돌아갈 수 있게 되었다. 코로나바이러스의 완전한 종식은 불가능하겠지만, 수많은 사람들의 목숨을 잃게 하고 생계를 위협했던 그 잔인한 존재의 위력은 이제 사라졌다.

새장에 오래 갇힌 새들은 나는 법을 잊는다고 했던가. 한동안 코로나 이전의 시대도 까마득하게 느껴졌다. 가까운 사람과도 거리를 두는 판에 새로운 사람을 만나거나 사귈 수 있는 기회가 없었기에, 연애 세포에 더해 사교 세포까지 죽어버린 듯 했다. 하지만 그동안 억눌려 있던 소통의 욕구가 폭발하며 마치 코로나는 거짓말이었다는 듯, 나는 다시 사람들을 만나

고 여러 모임도 꾸준히 하고 있다. 이제는 다시 코로나 이전의
세계로 돌아간 듯하다. 문명의 본질은 언택트가 아니라 컨택
트고, 우리의 삶을 이루는 기본은 사람과 사람이 얼굴과 얼굴
을 마주하는 것이니까 말이다.

도시 독립생활

사는 건 원래 재미없다지만

●

개봉한 지 벌써 20년도 훌쩍 넘은 영화인 <트루먼 쇼>를 보면서 말이 안 된다고 생각했던 건, 한 사람의 24시간을 중계해주는 게 인기 텔레비전 쇼가 된다는 설정이었다. 누군가의 하루를 편집 없이 종일 보여준다? 마치 CCTV 영상을 하루 종일 보는 것처럼 지루한 프로그램이 되지 않을까? 사실 극적인 사건은 우리 삶에서 자주 일어나지 않으니까 말이다. 누군가가 매일 아침 눈을 뜨고, 화장실에 가고, 회사에 출근해 비슷한 업무를 보고, 비슷한 실수를 저지르는 걸 지켜보는 게 결코 재밌진 않을 것이다.

우리가 보는 영화와 드라마는 픽션이고, 예능 프로그램과 각종 리얼리티 쇼도 극적인 사건을 편집해서 보여주는 '연출된 현실'이다. 똑같은 하루를 두 번 살아보라는 메시지가 있는 영화 <어바웃 타임>은 어떤가. 하루를 더 잘 살기 위해 똑같은 하루를 한 번 더 반복해서 살다니, 그냥 오늘을 거울삼아 내일 더 잘 살면 될 일 아닌가. 영화 후반부에서 깨달음을 얻은 주인공도 더 이상 시간여행을 하지 않는다. 내일은 오늘과 다른 일이 일어날 거라는 기대감이 있어 우리는 하루하루를 견디며 사는 것이 아닐까. 영화 <사랑의 블랙홀>의 주인공은 똑같이 반복되는 하루를 견디지 못해 심지어 자살까지 하는데!

지루한 걸 견디지 못하는 것처럼 얘기했지만, 그렇다고 내가 여행을 자주 가거나 새로운 일을 벌이는 등 모험을 즐기는 편은 아니다. 집에 있는 걸 좋아하는 순도 100% '집돌이 체질'은 아니지만, 외향적이거나 활동적인 타입도 아니다. 나의 일상을 영화 장르에 빗대어본다면, 온갖 모험과 스릴이 펼쳐지는 액션은 결코 아니다. 그렇다고 우연한 만남을 통해 쉽게 사랑에 빠지는 로맨틱 코미디도 아니다. 지리멸렬하고 모호하면서도 그 안에 결코 완전히 알 수 없는 수수께끼가 있는 체(?)하는 예술영화의 질감이라면 조금 비슷하다고 할 수 있을까.

한번은 집단상담에 참여한 적이 있다. 모인 사람들 각자 고민거리를 꺼내놓던 중, 나는 상담사에게 "요새 사는 게 재미없는 것 같다"라고 말했다. 그런데 그분의 말씀이 뼈를 때렸다.

"인생은 원래 재미없는 거예요. 살면서 재미있는 일이 얼마나 많을 수 있겠어요. 재미있는 일은 아주 가끔 생기는 거죠."

재밌게 살 수 있는 실용적인 방법이라도 들을 수 있을까 내심 바라기도 했으나, 그 말이 김빠지는 답변이라기보다는 왠지 모를 위안이 되었다. 그러고 보니 영국의 철학자 버틀런트 러셀도 비슷한 말을 했다. "위대한 책에는 모두 지루한 부분이 있으며, 위대한 생애에는 모두 흥미 없는 기간이 있다. 가장 좋은 소설에도 모두 지루한 대목이 있다"라고 말이다.

이와는 다른 의견도 있다. 예전에 읽은 팀페리스의 <나는 4시간만 일한다>는 책에는 "흥분이야말로 실질적인 의미에서 행복의 동의어이고 당신이 추구하려고 노력해야 하는 것이다"라는 구절이 있었다. 행복의 반대말은 슬픔이 아니라 지루함이며, 행복하려면 나를 흥분시키는 일을 좇으라는 것이다. 하지만 우리의 뇌 메커니즘을 바꾸지 않는 한, 흥분은 계속 지속될 수 없다는 것도 알고 있다.

대체로 좋지만, 대체로 외로운

행복한 삶을 살기 위한 공식이나 힌트에 대해서도 들어보지 않은 건 아니다. 반복되는 일상에서도 삶의 기쁨과 의미를 잘 찾아내는 것이 행복의 지름길이란 사실, 이론적으론 알고 있다. 사랑하는 가족과 좋은 친구들이 있고, 일에서 적절한 성취감을 느끼면서 베푸는 삶을 실천하는 것 말이다. '행복하고 훌륭한 삶'도 가까이서 들여다보면 결국 반복되는 일상을 얼마나 좋은 생각과 습관으로 보낼 수 있느냐에 달려 있을 것이다. 거기에 더해, 시도 때도 없이 "지루해. 나를 즐겁게 해줘."라고 말하는 사람 대신, 소소한 일상에서 발견한 즐거움들을 끊임없이 이야기 나눌 수 있고, 작은 일에도 기뻐하는 사람이 곁에 있으면 더 행복할 것이다.

'지루함'이라는 감각도 나이에 따라, 그리고 사람에 따라 상대적인 개념이다. 누군가에겐 지루한 영화가 누군가에겐 인생 영화가 되기도 하고, 누군가에겐 아무것도 하지 않는 지루한 시간처럼 보이더라도, 알고 보면 사색과 공상으로 가득한 흥미진진한 시간일 수도 있다.

하지만 정말 지루하게 살긴 싫다. 늘 자극을 좇는 것도 문제가 되겠지만, 새로운 것을 시도하지 않고 익숙한 현실에 안주하는 것도 경계해야 할 것이다. 아무것도 하지 않으면 아무 일도 생기지 않는 것이 바로 삶일 테니까. 그런 의미에서, 에세이스트 리베카 솔닛의 젊은 시절 좌우명인 "정말 좋은 이유가 없다면 절대로 모험을 거절하지 말자."를 앞으로 내 좌우명으로 삼고 싶다.

'비현실적인 기대'를 줄이고 줄여, 나의 '소박한 바람'은 이렇다. 그래도 몇 년에 한 번 정도는 기적 같은 일이 일어났으면 좋겠다. 그리고 1년에 한 번쯤은 태어나서 한 번도 해보지 않은 일들에 도전하고 싶다. 3개월에 한 번쯤은 가지 않은 도시로 여행도 떠나보고, 한 달에 한 번은 가슴 뭉클한 일이 생기거나 따뜻한 위로를 주고받을 수 있으면 좋겠다. 일주일에 한 번 이상은 깔깔거리며 크게 웃을 수 있으면 좋겠다. 그리고 즐거운 수다는 매일매일 할 수 있으면 좋겠다.

이것도 너무 과한 바람인가?

어찌 됐건 인생이란 쇼는 계속되어야 한다.

대체로 좋지만, 대체로 외로운

조직검사에 대처하는 마음 매뉴얼

•

탁한 물속이었다.

내 몸은 바닥으로 가라앉고 있었다.

마치 관속에 갇힌 것처럼 꼼짝하지 못한 채 나는 모랫바닥으로 빨려 들어가고 있었다. 간신히 정신을 차린 나는, 온 힘을 다해 수면 위로 올라왔다. 그리고 가쁜 숨을 몰아쉬기도 전에 눈을 떴다. 꿈이었다.

때는 2016년의 마지막 날이었고, 피부 조직검사 결과 발표 카운트다운 사흘 전이었다.

동네 피부과를 찾아간 게 발단이었다. 가슴 한복판에 있는

도시 독립생활

점이 좀 커 보여서 여차하면 뺄 생각이었다. 가벼운 마음으로 병원을 찾아간 거였는데, 내 가슴에 난 점을 유심히 보는 의사 선생님이 예사롭지 않았다. 그는 내게 큰 병원에 가서 조직검사를 한번 받아보라고 말했다.

이게 뭔 마른 하늘에 날벼락이람. 머릿속이 하얘졌다. 병원에 오지 말 걸 그랬나, 의사가 괜히 겁주려는 거 아닐까 등등 별 시답잖은 생각을 하다가, 어쨌든 피할 수 없는 일이라는 걸 깨닫고 결국 가까운 대학병원 피부과에 진료 예약을 잡았다.

나는 점이 많은 편이다. 얼굴, 팔, 다리, 배, 옆구리 등등에 자잘한 점이 꽤 많이 나 있다. 어렸을 땐 엄마 손에 이끌려 어떤 미용실에서 소위 '야매'로 얼굴에 난 점들을 빼기도 했다. 용하다는 미용실에서 시술을 받아 그런지 흉터가 남진 않았다. 점이 오죽 많았으면 점 제거 시술을 받고 등교를 했는데, 담임선생님이 내 얼굴에 난 시술 자국들을 보더니, 조심스럽게 혹시 수두에 걸렸냐고 물어보기까지 했다.

대학병원에 가자 내 몸 구석구석에 있는 점들을 다 사진으로 촬영했다. 추후에 추적관찰을 하기 위해서였다. 의료진은 속옷만 입은 나체 상태의 나를 사진 찍은 후, 가슴에 있던 점은 도려내 조직검사를 위해 샘플 용기에 담아 가져갔다. 일주일 뒤에 와서 조직검사 결과를 듣기로 예약을 잡았다.

병원에 다녀온 후, 내내 불안에 떨며 지내게 될 영원 같은 일주일이 나를 기다리고 있었다. 온전히 내가 감당해야 할 고독과 함께.

그때 마침 올리버 색스가 쓴 책 <고맙습니다>를 읽고 있었다. 당시 참여하고 있던 독서모임에서 그 주에 읽기로 한 책이었다. 미국의 저명한 뇌신경학자이자 작가인 올리버 색스는 전이암으로 인해 얼마 살지 못한다는 진단을 받고, 생의 마지막 순간 느낀 감정과 생각을 그 책에 담아냈다. 피부 조직검사 결과를 기다리는 와중에, 흑색종이 전이되어 사망한 저자의 책을 읽게 되다니, 우연의 일치라고 해야 할까. 저자는 암 투병 중 죽음이 너무 가깝게 느껴져서 외면할 길 없는 엄연한 현실로 느껴진다고 했다. 저자에 비할 바는 아니지만 나에게도 죽음이 더 이상 추상적인 개념만은 아니었다. 죽음이 성큼 다가와서는 내 방의 문을 똑똑 두드리고 있는 것 같았다. 불안과 두려움이 뒤섞여 평상심을 유지하기 힘들었다. 온갖 감정들이 오갔다. 결과를 들으러 가려면 몇 밤을 자야 하는지 계산하고 또 계산했다. 스마트폰으론 피부암과 흑색종 관련 정보들을 쉴 새 없이 검색했다. 그 와중에 점이 많은 사람이 장수한다는 정보를 찾은 건 위안거리였다. 몸에 점이 100개 이상인 사람들이 25개 이하인 사람들에 비해 텔로미어*가 더 길기 때문이란다. 대신, 피부암에 걸릴 확률은 높다고 한다. 하나를 얻으면 하나를 잃는 것이 세상의 이치다.

결과가 나오기까진 세상이 좀 멈춰 있으면 좋으련만, 그럴 순 없으니 평소처럼 일하고 사람들을 만났다. 아무래도 내가 평소와는 조금 달라 보였는지 주변에서 무슨 일이 있냐고 물었다. 굳이 감추지 않는 성격이라 사실대로 얘기했고, 다들 위로의 말을 한마디씩 건네주었다. 생각보다 조직검사를 받아본 사람들도 많았다. 조직검사 유경험자들은 조직검사를 받을 때 엄청 마음을 졸여봤기에 지금 나의 심정을 이해한다고 했다.

평범한 일상을 살고 있는 사람들이 부럽게 느껴졌다. 각자 고민거리는 있겠지만, 잔잔한 일상을 살아가고, 계획을 세우

---

* 텔로미어(telomere)는 염색체의 끝부분에 있는 염색 소립으로 세포의 수명을 결정짓는 역할을 한다고 알려져 있다.

고, 앞으로 다가올 내일을 기대하며 살아갈 수 있다는 것의 소중함이 뼈저리게 다가왔다. 나는 검사 결과가 어떻게 나오든 당분간 내 일상은 달라질 게 없다고 스스로 되뇌었다.

시간은 잔인할 정도로 느리게 흘렀지만, 조직검사 결과가 나오는 수요일은 결국 찾아왔다.

나는 여느 때처럼 눈을 뜨고, 세수를 하고, 아침을 먹고, 주섬주섬 옷을 챙겨 입고, 생각보다 덤덤한 기분으로 병원으로 향했다. 병원에 가는 내내 내가 심각한 병에 걸릴 리 없다고 자위했다. 드디어 대학병원 지하 1층 피부과에 도착. 나는 피부과 벽에 붙어 있는 당일 진료 환자 목록부터 확인했다. 환자가 많아 5~10분 단위로 진료를 보도록 스케줄이 짜여 있었다. 나에게 할당된 시간도 10분이었다. 좋은 징조였다. 혹여나 심각한 결과가 나왔으면, 10분으로 끝내진 않을 거라 짐작했다. 드디어 내 차례가 되어 진료실에 들어갔다.

의사 선생님은 내 얼굴을 힐끔 보더니 입을 열었다. 나는 의사의 입모양을 뚫어지게 쳐다봤다.

"다행히 양성이네요. 제가 없더라도 1년에 한 번씩 추적관찰하러 병원에 오세요."

덤덤한 말투였다. 나는 기뻤다. 하지만 마치 당연한 결과였다는 듯이, 겉으론 전혀 내색하지 않았다. 속으로만 안도의 한숨을 내쉬었다. 마치 방금 법정에서 무죄 판결을 받은 피고인이 된 듯한 기분이었다. 드리워졌던 죽음의 장막이 걷히고, 나는 햇살이 내리쬐는 일상의 세계로 돌아오게 되었다. 죽음은 다시 나에겐 먼 이야기가 되었다.

'큰 병원에 가보세요.', '조직검사를 해봐야겠네요.', '예후가 좋지 않네요.' 같은 말은 앞으로도 절대 듣고 싶지 않다. 하지만 인생은 모르는 거니까, 그런 일이 생겼을 때 어떻게 대처할지에 대한 '마음의 매뉴얼'은 생긴 것 같다.

일상의 루틴은 지키자.
할 수 있는 한 평정심을 유지하자.
그리고 다음을 위한 계획을 세우자.

나에게 찾아온 깨달음이었다.

대체로 좋지만, 대체로 외로운

노원 월 미스 유

•

영화 <벌새>를 보는 내내, 내 머릿속 기억의 영사기도 같이 돌아가고 있었다. 1990년대에 사춘기를 보낸 영화 속 주인공 은희와 같은 세대여서일까. 이미 오래전 통과해버렸기에, 이젠 기억의 서랍 한구석에서 희미해지던 그 시절 그 세계가 내 눈앞에서 다시 펼쳐졌다. 사춘기 때 느꼈던 집안 분위기, 친구와의 우정과 배신, 첫사랑, 선생님에 대한 동경, 그리고 상실의 기억이 <벌새>를 보는 내내 동시에 오버랩되었다. 생각해보면 그 시절은 얼마나 위태롭고 다이내믹했었던가.

<벌새>는 1994년 서울을 배경으로 한다. 그래서 내가 숨 쉬고 살았던 90년대 서울의 공기를 다시 맡는 기분이 들었다. 성수대교 붕괴 사고는 영화 속에서 중요한 모티브가 되는 사건인데, 실제 성수대교 붕괴 사고가 난 당일 아침 수업에 들어온 선

생님이 사고 얘기를 했던 기억이 생생하다. 다른 점이 있다면 영화 속 은희는 대치동 아파트에 살았고, 나는 노원구 대단지 아파트에 살았다는 것이다.

초등학교 3학년이 끝날 무렵, 우리 가족은 중랑구 묵동에 있는 단칸방에 살다가 갑작스레 노원구 하계동의 대단지 아파트로 이사를 갔다. 88서울올림픽을 앞둔 시점이었고, 재개발과 신도시 붐이 일던 시기였다. 원래 논밭만 있던 노원구도 거대 아파트 단지로 조성되고 있었다. 전학 간 학교의 선생님이 노원구 아파트 단지가 아마 전 세계에서 가장 큰 아파트 단지일 거라고 자랑스럽게 말하던 기억이 난다.

당시만 해도 노원구 하계동엔 아파트 단지와 오래된 마을이 공존하고 있었다. 내가 살던 하계동 아파트 단지 옆에 한내마을이 있었는데, 옛날 판자촌 느낌의 마을이라 이곳에서 한국전쟁 배경 드라마를 촬영할 정도였다. 나는 가끔 한내마을에 사는 친구와 그 마을에 놀러 갔고, 엄마도 가끔 그곳에 있는 방앗간을 이용했다. 학교에선 은근히 한내마을 아이들과 아파트 단지 아이들을 구분했다. 그러다 한내마을도 재개발한다는 소식이 들렸다. 그곳에 아파트가 들어설 예정이었다. 부모님은 4인 가구가 살 수 있는 30평형대 아파트를 분양받기 위해 살던 집을 팔았다. 우리 가족은 임시로 거처할 집을 마련해야 했다. 그래서 이사한 곳이 공릉동 도깨비시장 근처에 있는 반지하 집이었다. 그 집은 영화 <기생충>에서 기택의 가족이 사는 집과 거의 유사했다. 나는 처음엔 반지하의 구조가 신기하게 느껴져서 한동안 신이 났다. 그러다 어느 순간 나에게 원인 모를 복통이 시작됐고, 우리 가족은 반지하는 오래 살 곳이 못 된다는 교훈을 얻었다. 그리고 다시 하계동 아파트에 세를 얻었다.

와중에 여러 사건들이 터지며 재개발이 늦춰졌고, 몇 년만 기다리면 30평형대 아파트에 살 수 있을 거란 희망도 거둘 수밖에 없었다. 초등학생 때부터 대학교에 입학할 때까지 거실에서 혼자 잠을 잤던 나는, 형이 군대를 가고 나서야 혼자 쓸 수 있는 방이 생겼다.

어쩌다 보니 고등학생 때까지 온 가족이 같은 하계동 아파트 단지에 이제는 나 혼자 살고 있다. 이곳의 외관은 30년 전이나 지금이나 크게 변하지 않았다. 단지 앞 사거리에 있는 벽산상

---

* bed town. 대도시 주변의 교외에 위치한 주택 지역으로, 주거지 기능만을 수행하는 도시.

가 지하의 풍경은 놀라울 만큼 그대로다. 88서울올림픽 때부터 있던 '은혜김밥' 떡볶이집은 아직 건재하다. 그때 떡볶이 아주머니는 30대 새색시 같았는데, 지금은 어느새 머리가 희끗해지고 주름이 있는 노년에 접어들었다. 그 옆에 있는 온갖 잡동사니로 가득한 전파상도, 구석에 있는 지하 이발소도 외관이 그대로다. 한참 후에야 노원구가 도시학적으론 '베드타운'* 으로 분류된다는 걸 알았다. 대부분 아파트 단지도 그렇겠지만, 이 동네도 외관상으론 드라마틱한 변화가 잘 일어나지 않았다. 아파트 건물도, 나무도, 도로도 크게 변하지 않았다. 재건축 기준이 통과됐다고 가끔 아파트 외관에 축하 현수막이 걸리는데, 언제 재건축이 시작될지는 아직 기약이 없다.

서울특별시의 북동부에 위치한 자치구. 서울 강북 14개 구들 중 인구가 가장 많으며, 면적도 가장 넓은 노원구.

이곳은 대부분 아파트 단지와 공원, 상가로 이뤄져 있다. 누군가에겐 조용해서 좋은 동네겠지만, 누군가에겐 심심한 동네이기도 하다. 예전에 북서울미술관 개관 1주년 기념으로 모 록 밴드가 하계동에 와서 공연을 했다. 그 밴드의 거칠고 몽환적인 일렉기타 소리와 보컬이 노원구 아파트 대단지 동네의 나른

대체로 좋지만, 대체로 외로운

한 일요일 오후의 공기를 찢어놓고 있었는데, 어떤 중장년 부부가 와서는 자기 자녀가 공부해야 하는데 시끄럽다고 항의를 했다. 이 동네가 학부모들 사이에서 아이들 키우기 좋은 동네로 통하는 이유가 있다.

"노원구 한 번도 안 가봤어요. 노원구에 뭐가 있어요?"

지인들에게 가끔씩 듣는 말이다. 이곳은 외지인들이 굳이 잘 찾지 않는 동네긴 하다. 하지만 알고 보면 살기 좋은 동네다. (많은 사람이 자기 사는 동네가 살기 좋은 동네라고 말하겠지만.) 내가 사는 하계동 아파트 단지만 해도 근처에 북서울미술관이 있으며, 단지 옆에 경춘선 철길 공원이 있다. 철길을 따라 공원을 조금만 걸으면 '공트럴파크'가 나온다. 가끔 철새들이 찾아오는 중랑천의 유유히 흐르는 물길을 보면 프랑스의 센강 못지않다는 생각이 들기도 한다. 중랑천을 따라 러닝하기에도 좋은 자전거도로도 있다. 바로 옆 동네인 공릉동엔 재래시장인 도깨비시장이 있고, '쪼매 매운 떡볶이'와 '멍텅구리' 같은, 외지인에게도 좀 알려진 떡볶이 맛집도 있다. 그리고 노원역엔 '더숲'이라는 카페 겸 독립영화관도 있으니, 이 정도면 문화도시 노원이라고 할 만하다!

'Nowon will miss you.'

2023년 새만금에서 열렸던 세계 잼버리 대회의 파행으로 잼버리 대원들이 전국으로 뿔뿔이 흩어졌을 때, 일부 대원들은 노원구에서 문화 체험을 하였다. 문화 체험 후 대원들이 떠날 때 노원구에서 제작한 환송 현수막 문장이 화제가 되었다. 'Nowon'이 'No One'과 발음이 같아 마치 '아무도 너를 그리워하지 않는다'라는 의미로 읽혀 해외에서도 한동안 '웃음벨'이 됐다.

생각해보니, 노원에서는 이제 나를 그리워하는 사람이 한 명도 없다. ('No One will miss you in Nowon.') 가족들은 중랑구에 살고 있으며, 내 초중고등학교 동창들도 진작에 이곳을 떠났다. '자기 고향을 달콤하게 여기는 사람은 아직 주둥이가 노란 미숙아'라고 했던 12세기 철학자 생 빅토르 후고가 만약 나를 보면, '너의 주둥이도 정말 누렇게 떴구나?' 할지도 모르지만, 이제는 내 초등학교 모교나 살았던 아파트 단지를 지나가더라도 진한 향수를 느끼거나 감상에 빠지진 않는다.

대체로 좋지만, 대체로 외로운

지금의 노원은 절대 과거에 내가 살던 동네가 아니다. 시간이 변했고, 내가 변했으며, 이곳에 살고 있는 사람이 변했다. 분명 내 유년 시절의 흔적과 기억의 잔상이 남아 있고 외관은 그대로로 보여도 매일매일 이곳의 모습은, 삶의 풍경은 역동적으로 변하고 있었을 테니까. 아파트 재개발을 원하는 주민들의 염원대로 재개발이 시작되면, 이곳의 익숙한 외관마저 완전히 기억 속으로 사라질 것이다.

　언젠간 노원을 떠날 날이 올까. 그렇더라도 이곳이 미치도록 그립지는 않을 것 같다. 그 시절 '노원'은 내 기억 속에, 그리고 10대 시절 형성된 감수성의 일부로 평생 남아 있을 것이다.

그을린 구원

•

어느 일요일 오후였다. 나는 우동을 먹기 위해 냄비에 가스
불을 켰다. 냄비를 올려놓은 채 잠깐 거실에서 티브이를 보고
있었는데, 얼핏 부엌에서 불꽃 같은 게 일었다. 저게 뭐지 싶
어 눈을 씻고 보니 비현실적인 광경이 눈앞에 펼쳐졌다. 가스
레인지 위로 불길이 솟구치고 있었다. 가스레인지 옆 벽에 붙
여놓았던 신문지에 불이 옮겨붙은 것이었다. 벽에 소스나 기
름이 튀는 걸 막기 위해 붙인 신문지였는데, 창문으로 들어온
바람 때문에 신문지가 흔들리며 가스불이 닿았던 모양이었다.
나는 부엌으로 달려갔다. 신문지가 타오르면서 불길이 가스레
인지 환풍기 쪽으로 올라가고 있었다. 나는 반사적으로 싱크
대 물을 틀었다. 눈앞에 보이는 그릇에 물을 받아서 불이 타오
르고 있는 신문지에 끼얹었다.

대체로 좋지만, 대체로 외로운

다행히, 불은 한 번에 꺼졌다.

부엌에 재가 날렸고, 냄비와 가스레인지 위는 물에 젖은 검은 재들이 남아 있었다. 그리고 불이 붙었던 벽면엔 그을린 자국이 남았다.

나는 재를 모아서 종량제봉투에 버리고 벽은 그을린 자국이 남지 않게 최대한 닦아냈다.

겨우 수습을 마친 후, 방금 벌어진 사건의 의미를 깨달으면서 어떤 감정이 올라오기까지는 조금 더 시간이 걸렸다.

일어날 뻔했던 최악의 상황들을 생각하니 간담이 서늘해졌다.

만약 가스불을 켜놓고 내가 베란다에서 빨래를 널고 있었다면?

혹여나 방심해서 1층에 음식물쓰레기라도 버리러 갔다면?

불이 나는 상황이 내 시야에 들어오지 않았다면?

최악의 경우 집이 전부 타버렸을지도 모른다. 더 큰 재난 상황이 발생했다면 내 삶은 어떻게 됐을까. 분명 생각지도 못한 방향으로 뻗어나갔을 것이다.

　내가 살고 있는 아파트라는 주거 형태가 문득 섬뜩하게 느껴졌다. 아래층집과 옆집, 위층집 누군가 한 명이라도 방심하면 그 화가 언제든 나에게 끼칠 수 있고, 내 운명은 내 의지와 노력으로 온전히 결정할 수도 없는 것이다.

　불이 나기 전 마침 카톡으로 지인과 넷플릭스에 올라와 있는 어떤 드라마 속 구원에 대해 이야기하던 중이었다.

　그래서 내 생각은 시련과 구원에 대해서까지 뻗쳐나갔다. 시련과 구원은 한 세트처럼 찾아오는 거니까, 구원이 있기 전에는 반드시 어떤 위기나 시련이 있어야 한다. 내가 겪은 일도 한편으론 시련과 구원의 사건이었다. 시련은 의도치 않지만 나의 방심으로 벌어진 거였고, 구원 또한 불이 난 것을 빨리 발견할 수 있었던 운과 함께 나의 힘으로 가까스로 이뤄냈다.

　조용하고 단조로워 보이는 작은 세계에서도 얼마나 많은 시련과 파괴, 또는 구원의 순간이 지나가고 있는 것일까. 당분간은 어디서든, 혹은 누군가에게서 그을린 자국을 본다면, 그냥 예사롭게 넘기지 않을 것 같다. 그것은 어떤 사건이 벌어졌고,

대체로 좋지만, 대체로 외로운

그 사건이 지나간 후 남은 그을린 자국일 테니까.

그 자국은 구원의 흔적일 수도 있는 것이다.

* 그날 밤 나는 구원을 기념하기 위해 우동 대신 치킨을 시켜 먹었다.

도시 독립생활

2부. 목숨 걸고
   일하진 않으면서
   살아남는 방법

나의 면접 실패기

•

"이 일에 목숨 걸 수 있어?"

사회초년생이었던 시절, 광고회사 면접 자리에서 저 질문을 받았던 순간 느꼈던 당혹감은 지금도 생생하다. 나는 두 눈을 부릅뜨고 추궁하듯 물어보는 면접관 앞에서 그렇다고 하지 못하고 "아니오."라고 해버렸다.

맘에 없는 말을 하거나 열정이 '있는 척'하는 건 내 체질이 아니었을뿐더러, 면접관이 듣고 싶어 하는 답을 해주기 싫다는 오기가 생겼기 때문이었다. 내가 성에 안 찼으면 거기서 그만하고 그냥 집으로 돌려보내도 됐을 텐데, 그분은 마치 자기가 내 속을 휘히 꿰뚫어보고 있다는 듯 나에게 열정이 부족해 보인다고 했다.

"면접관이 아니라 업계의 선배로서 충고하는 거야. 그럴 거면 이쪽 일은 할 생각 아예 하지 마."

그렇지 않다고, 겉으로 보이지 않는 잠재된 열정이란 것도 있다고 반박이라도 했어야 하는데, 당시만 해도 '업계의 대선배' 앞에서 주눅이 들어서는 차마 입에서 그 말이 나오지 않았다. 하필 그날은 다른 회사 면접도 잡힌 날이었다. 면접도 기세가 중요한데, 기세가 완전히 꺾여버려서 다른 회사의 면접은 어떻게 했는지 잘 기억도 안 났다.

그날 밤, 무거운 기분으로 집에 돌아온 나는 당시 자주 가던 모 사이트 회원 게시판에 면접 얘기를 올렸다. 그때만 해도 개인 SNS 계정보다는 자주 가는 커뮤니티 사이트에 글을 더 쓰던 시절이었다.

사회 경험 많은 회원분들로부터 다양한 댓글이 달렸다.

"저런 촌스러운 질문을 하는 업계가 어딘지 심히 심히 심히 궁금하다. 목숨 걸고 하는 일은 종군기자 정도 아닐까 싶은데. 네가 대답을 안 한 것은 열정이 없어서 그런 게 아니라 저런 질문을 한 멘탈

목숨 걸고 일하진 않으면서 살아남는 방법

리티가 체질적으로 안 받아서 그런 거 아닐까? 나도 사원들 면접 여태 엄청 많이 봤지만 꼭 또라이 꼰대 콤플렉스 아저씨들이 저런 '거대담론'적 질문 던지더라."

"먹고 '살려고' 일거리 찾으러 온 사람한테 목숨 걸 수 있냐는 질문을 하다니… 그건 열정이 없다는 것과는 좀 차원이 다른 듯."

"전 그 면접관 심정 이해합니다. 목숨 걸고 덤비는 사람들한테는 불가능이 없거든요."

"근데 OO는 인상이 아저씨들한테 오해 주기 좀 쉬운 것 같아…."

그래, 나의 인상이 열정이 넘치거나 어떤 일이든 목숨 걸고 덤빌 것 같은 타입하곤 거리가 멀긴 하지.

학창 시절 반에서는 있는 듯 없는 듯 희미한 존재감을 발휘하는 조용한 아이였고, 군대에서는 자대 배치를 받자마자 전혀 '군기'가 들어 보이지 않는다며 엄청 '갈굼'을 당했다. (대신 여유 있고 차분해 보인다는 말은 몇 번 들었다.)

도시 독립생활

타고난 인상과 풍기는 분위기는 쉽게 바꿀 수 있는 게 아니다. 면접장을 환하게 밝힐 '빛스러움'이나, 주위 사람들에게 긍정적 에너지를 전하는 '아우라', 또는 어떤 일이든 시켜만 주십쇼, 하는 분위기를 풍길 수 있는 '저돌성'은 쉽게 연출할 수 있는 게 아니다. 예상하지 못한 면접관의 질문에도 빠른 두뇌 회전으로 여유 있게 답할 수 있는 '순발력'도 단기간에 키울 수 없는 건 마찬가지.

짧은 시간에 할 수 있는 최선의 면접 준비는 면접관이 던질 수 있는 예상 질문을 가능한 한 많이 뽑아보고, 그에 맞는 적절한 답변을 최대한 많이 준비하는 것이다.

물론 이러한 깨달음도, 나의 또 다른 처절한 면접 실패의 경험에서 비롯됐다.

이번엔 모 홍보대행사 면접이었다. 중반까지는 분위기가 좋았다. 워낙 화기애애해서 면접 중에 나는 벌써 이 회사의 막내가 된 것 같은 착각까지 들 정도였다. 그러다 잠재적인 나의 팀장님(?)께서 나에게 갑자기 영어로 자기소개를 해보라고 요청

하였다. 그 순간 갑자기 말문, 아니 영문이 막히고 말았다. 영어로 자기소개하기라는, 면접의 가장 기초적인 준비도 나는 제대로 하지 않았던 것이다.

"Ummm… Nice to meet you… My name is… I'm happy to have a inverview with your company……."

딱 여기까지였다. 그 뒤로는 한 말이 영어였는지 한국어였는지, 뭐라고 우물거리다가 답변을 끝내고 말았다.

면접장의 좋았던 분위기는 갑자기 찬물을 끼얹은 듯 조용해졌다. 나를 팀의 막내 바라보듯 흐뭇하게 바라보던 면접관들의 표정도 나를 막 내보내려는 듯 싸해졌다. 나는 불합격을 확신했고 그날도 집으로 터벅터벅 돌아갈 수밖에 없었다.

준비성의 부족을 자책하며, 소 잃고 외양간 고치는 심정으로 영어 자기소개를 준비했다. 하지만 그 후로, 나는 어떤 면접 자리에서도 영어로 자기소개를 해보라는 질문은 받아보지 못했다. 한 번 잃은 소는 외양간을 고쳐도 다시 돌아오지 않는 법이다.

준비를 나름 철저히 했어도 그냥 면접관과 '케미'가 안 맞으면 말짱 도루묵인 경우도 있다. 이번엔 굴지의 대형 서점을 운영하는 모 기업의 홍보팀 면접 자리였다.

나는 다양한 예상 질문과 답변을 준비해 갔다. 홍보팀이었기에 서점을 홍보하기 위한 어떤 홍보 아이디어가 있느냐는 질문이 나올 거라 예상했고, (스스로 기발하다고 생각한) 답변을 준비해 갔다. 그리고 역시! 예상했던 그 질문이 나왔다!

나는 속으로 쾌재를 불렀다. 그리고 독서의 달이 되면 그 대형 서점이 위치한 광화문역의 명칭을 '책의숲 역'으로 바꾸겠다는 원대한 홍보 아이디어—물론 실현 가능성은 매우 매우 매우 낮지만—를 제시했다.

면접관들의 반응이 왜 이렇지? 면접관들의 무표정한 얼굴에서 아무 미동도 없었다.

'여보세요? 내가 방금 아무도 생각하지 못한 기가 막힌 홍보 아이디어를 제시했는데? 면접관님들? 현실성이 없어서? 이런 시도, 해보긴 해봤어들?'

목숨 걸고 일하진 않으면서 살아남는 방법

그리고 역시, 그 회사도 탈락이었다. 아무래도 기발하고 새롭다는 건 나만의 생각이었나 보다.

이렇게 또 하나의 면접 실패사가 쓰였다. 마치 소개팅에 나갔을 때 이 사람과 잘 될지 안 될지 1초 만에 아는 경우처럼, 면접장에 들어가자마자 몇 초 만에 어쩐지 잘 안 되겠구나 싶은 분위기를 감지할 때도 있다. 이런 게 면접자와 회사의 케미 아닐까. 아무리 면접 준비를 철저히 하고, 예상 질문에 대한 답변을 많이 준비해도 케미가 맞지 않으면 소용없는 것이다.

이런 식으로 나는 한때 나의 이력과 포트폴리오와 신상정보를 숱한 회사에 뿌리고 다녔고, 숱한 면접을 치렀고, 숱한 탈락을 맛보았다. 그 후 시간이 상당히 흐른 후, 입장이 바뀌어 면접관 역할을 한 적이 있었다. 그때 깨달은 것은, 면접만으로는 그 사람에 대해 절대 잘 알 수 없다는 것. 당연한 말이지만, 면접의 이미지와 그 사람과의 실체에는 어쩔 수 없는 간극이 있다. 면접 때는 차분해 보이고 답변도 잘해 뽑았던 사람이 실제 일을 해보면 자주 덤벙대는 스타일인 경우도 있었고, 수더분해 보이고 사람 좋아 보여 뽑은 사람이 실제 겪어보니 깍쟁이 같은 경우도 있었다.

아무리 다른 사람에게 인기가 없어도 내 인생에 '짝'은 단 한 명만 있으면 되는 것처럼, 아무리 면접에서 많이 떨어져도 나를 맘에 들어 하는 단 하나의 회사만 찾으면 된다. 그러니, 면접에 떨어졌다고(자주 떨어졌다고) 너무 낙담할 일은 아니다. 다음 면접에서 '운명의 그 회사'를 만날 수도 있으니.

나와 케미가 맞는 회사를 만나는 건 운의 영역이다. 고로 이런 운이 찾아올 때를 대비해 면접자가 할 수 있는 최선은, 면접관이 어떤 돌발 질문을 하더라도 최소한 당황하지 않고 버벅거리지 않게 답변을 할 수 있는 준비다. 결국 준비된 자에게 기회가 온다는 건, 상투적으로 들리지만 중요한 진실이니까.

넷플릭스에서 <오징어 게임>을 보다가 문득, 오래전 "이 일에 목숨 걸 수 있어?"라고 물어봤던 그분의 안부가 궁금해졌다. 그분은 분명 오징어 게임 참가자처럼 목숨 걸고 일하는 분이셨을 테니, 지금쯤은 엄청난 부자가 되었을지도.

목숨 걸고 일하진 않으면서 살아남는 방법

지나가다 그분을 만나면 지금이라도 한마디 해주고 싶긴 하다.

"축하합니다. 10년 전에도 목숨 걸고 일하셨는데 아직 살아 계셨네요?!"

도시 독립생활

셜록 홈즈가 내 직업관에 끼친 영향

•

그러니까 나는, 셜록 홈즈가 되고 싶었다.

한참 셜록 홈즈에 빠져 있던 초등학생 시절, 나는 교과서 밑에 셜록 홈즈 시리즈를 숨겨 놓고 수업 시간에도 몰래 읽곤 했다. 안락의자에 앉아서 파이프를 피우며 온종일 골똘히 생각하다가 복잡한 사고 실험을 통해 사건을 추리하고 범인을 찾아내는 천재성이라니! 셜록 홈즈의 괴벽스러운 성격과 '데카당스한' 매력 또한 이질적인 것을 향한 나의 동경심을 자극했을 것이다.

한편으론 안개가 자욱한 런던 베이커가 221번지 B호를 상상해보는 것도 즐거웠다. 마이클 더다의 <코난 도일을 읽는 밤>을 읽으며, 나는 셜록 홈즈 시리즈의 매력을 다시금 깨닫게 됐다. 저자는 셜록 홈즈를 괴벽스러운 탐미주의자이자 변장의 명수, 그리고 화학과 각종 언어에 능통하며, 철학자이자 세상 만사에 박식한 사람으로 묘사했다.

돌이켜 생각해보니, 셜록 홈즈 시리즈는 내 직업관에 영향을 끼쳤다. 나는 셜록 홈즈에게서 내가 되고 싶은 이상적 직업의 원형, 그리고 작업 환경을 발견했다. 매번 범인을 놓치는 비효율적이고 어리석은 조직(런던경찰청)을 비웃으며, 혼자 유유하게 천재적인 두뇌와 전문성으로 영웅적인 퍼포먼스(사건 해결)를 보여준다. 정의를 구현할 뿐 아니라, 클라이언트(사건 의뢰인)에게 받는 금전적 보상도 두둑할 것이다. 또한 곁엔 모험담을 들어줄 동료이자 '절친(왓슨 박사)'도 있으니 금상첨화다.

나도 어떤 조직의 일원이 되겠다는 것을 목표를 삼아본 적은 없었다. 어느 조직에 속하지 않고, 자기만의 방식과 전문성으로 의미 있는 일을 하는 것, 나만의 사무소를 차리는 것, 그것이 나의 로망이었다.

대책 없는 로망을 간직한 채, 대학 시절에도 나는 그냥 막연한 낙관으로 '먹보 대학생' 역할에 충실했다. 여느 대학생들처럼 대외활동과 '스펙' 쌓기에 열을 올리지도 않았고, 문과생인 주제에 남들은 다 하는 경영학 복수 전공도 하지 않고, 전공 학점 외의 나머지 학점은 전부 교양 학점으로 채웠다.

나는 그렇게 졸업을 맞았다.

경영학을 복수 전공한 동기들은 대기업에 잘도 들어갔다. 그러나 나의 목표는 대기업이 아니었다. (그렇다고 대기업에 지원서를 넣어보지 않은 건 아니다. 몇 군데 대기업에 지원서를 슬쩍 넣어본 결과, 대기업도 나를 결코, 절대로, 원하지 않는 것으로 밝혀졌다.) 문제는 나는 셜록 홈즈가 아니라는 것이었다. 졸업 후에 뭘 할까 고민하다가, 나는 부랴부랴 잡지교육원에서 속성 취재기자 과정을 마치고 자그마한 신문사에 취재기자로 들어갔다. 작은 회사에 들어가면 조직 문화가 빡빡한 대기업보다는 자유롭게 일할 수 있을 것 같아서였다.

하지만 얼마 안 있어 작은 회사에 다녀본 결과, 자유로운 건 오직 복장뿐이라는 걸 알게 됐다.

작은 회사에 들어가고 나서야 알게 된 것이 또 하나 있다.
정말 조직의 쓴맛을 보려면 작은 회사에 들어가야 한다는
것.

작은 기업은 한 명이 제 몫을 하지 못하면 바로 티가 나고 기
업 활동에 큰 지장이 생기기에 업무 숙달이 늦어지면 절대 기
다려주지 않는다. 아무리 야근을 해도 야근수당은 언감생심이
며, 잡무는 아주아주 많다. 사장들은 어떻게 하나같이 구두쇠
인지, 사무실 청소까지 직원의 몫이다. 화장실 청소까지 직원
에게 시키는 회사도 있었다.

혹여나 퇴사를 하더라도, 누구나 아는 대기업을 다닌 사람과
중소기업을 다닌 사람의 퇴사 후 선택지나 커리어도 분명 다르
다. "저 삼성 다니다 퇴사했어요."라고 말하는 사람의 아우라
(?)는 절대 나에겐 생기지 않을 테니.

노동권을 수호하기 위한 노동자 간의 연대 같은 것도 딴 세

상 이야기다. 작은 회사는 아무 감시나 견제를 할 수 없는 '절대 독재 체제'로 돌아간다. 한번은 노동권에 관련한 강연을 들은 적이 있는데 나는 강연 후 질의응답 시간에 궁금해서 물었다.

"현재 작은 디자인 회사에 다니는데 회사로부터 노동권을 침해받는 부당한 대우를 받으면 어떻게 하나요?"

강연자는, 자기네 노조에 연락하라고 했다. 그런데 그 노조에서 코딱지만 한 디자인 회사에 와서 같이 피켓을 들고 서 있어줄 모습이 잘 상상이 되지 않았다. 머리에 두건 두르고 시위하는 것도 최소한 '삐까뻔쩍한' 고층빌딩 앞에서 해야 폼 나지 않겠는가.

이렇게 뻑뻑한 직장생활을 겪을 때도, 다행히 나에겐 홈즈의 빼놓을 수 없는 파트너 왓슨 같은 단짝 친구가 있었다. 고등학교 3년 내내 맨 뒷자리에 앉아 같이 딴짓을 자주 했던 친구와 나는 직장생활에서 받은 스트레스를 카톡으로 서로 털어놓고는 했다.

"야, 때려치자", "때려친다, 진짜." "때려치운다더니 아직 안

목숨 걸고 일하진 않으면서 살아남는 방법

때려치웠냐" "내가 먼저 사표 써?" "니가 먼저 내라, 그럼 나도 사표 내마."

매일매일 '때려치자'는 말로 카톡을 도배하던 때, 우리는 틈만 나면 서로 같이 무얼 할까 이것저것 알아보기 시작했다.

"우리 청소 프랜차이즈 같이 해볼까?" "빨리 일 끝내면 퇴근이 4시라더라, 하루에 두 탕 뛰면 돈도 더 벌어." "꼴 보기 싫은 팀장, 부장, 이사, 사장을 안 볼 수 있다면 무슨 힘든 일이든 못 하겠냐."

그런데 아무리 생각해도 청소는 너무 힘들 것 같았다. 군대 있을 때 행정반에서 하도 갈굼을 당해서 작업병으로 일하면 좋겠다고 생각했다가, 반나절 차출돼 '개고생'을 한 후 나는 '육체적 고통보다 힘든 정신적 고통은 없다.'라는 결론을 내리지 않았던가. 육체노동을 하시는 분들의 늘 피곤해 보이는 얼굴이 눈앞에 아른거렸다.

'쟤는 자유로운 영혼이야.'이라는 말을 듣는 게 칭찬처럼 들렸던 시절이 있었다. 어쩌면 '쟤는 생각 없이 살아.'라는 말을 차마 대놓고 할 수 없어 그렇게 말한 건 아닐까. 그래서 그런지 교보문고 소설전문 팟캐스트 '낭만서점'에서 '자유로운 영혼'의 대명사인 조르바에 대해 박혜진 평론가님이 했던 말이 자꾸 귀에 남았다.

"저는 조르바의 세계엔 잘 공감하지 못했거든요. 저는 구획된 파티션에서 주어진 일을 완결했을 때 만족을 느껴요."

내가 좇았던 것은 '낭만'이라는 이름으로 포장된 '겉멋'이었을까. 나는 셜록 홈즈를 오해했을지도 모르겠다. 셜록 홈즈의 천재성도 성실한 공부와 노력의 산물이자 묵묵히 해야 할 일에 최선을 다해온 결과물일 텐데. 나는 내가 잘하지 못하는 것들에서 도피하려고 했는지도 모른다. 조직 안에서 서로 협력하고, 업무를 조율하고, 조직 내의 갈등 상황도 유연하게 해결하는 일을 감당하지 못해 지금껏 도망쳐온 것은 아닐까.

지금 나는 회사 몇 군데와 일하는 프리랜서이자 플랫폼 노동자로 살고 있다. 왓슨 같은 단짝 친구와는 언젠가 같이 도배 가게를 차리기로 결론을 내렸다. 4차산업혁명으로 없어질 일자리까지 고려를 했는데, 도배 분야는 끄떡없을 것 같았다. 도배 벽지를 자르고 붙이고 하는 인공지능 로봇은 상상이 잘 가지 않는다. 아무리 대기업이 골목 상권에 침투해도 설마 도배 일까지 넘보진 않겠지. 그래서 언젠가 도배 집을 차리면 지을 가게 이름도 생각해 두었다.

'도배르만'.

'이름이 브랜드가 되지 못한 사람에겐 소속이 필요하다.'는 말이 있다. 나는 "베이커가와 런던의 모든 비열한 샛길을, 더럽혀지지 않고 두려워하지도 않은 채 걸어 내려가는"(<코난 도일을 읽는 밤>에서 인용) 셜록 홈즈처럼, 조직에 의지하지 않고 세상에 더럽혀지지도 않은 채 살아갈 수 있을까? 아니면 나는 아직도 허상을 좇는 돈키호테인가?

결론은 아직도 내리지 못했다.
그래, 일단 시작은 상표 등록이다.
가자, 도배르만!

* 한참 뒤, 구글에서 개발한 로봇 동영상을 보았다. 아무래도 도배 로봇이 나올 것 같다. 망했다.

아이언맨은 어쩌다 저니맨이 되었나

•

아무리 생각해도 나는 아이언맨이었다.

슈트를 입고 하늘을 나는 마블 영화의 히어로였다는 건 아니다. 좀더 정확히 말하자면 '철인(Iron Man)'이란 별명을 가진 미국의 전설적인 야구선수 칼 립켄 주니어에 가까웠다고나 할까. 칼 립켄 주니어가 철인으로 불리는 까닭은 앞으로도 절대 깨지지 않을 기록 중 하나로 불리는 2,632경기 연속 경기 출전 기록을 세웠기 때문이다. 그는 1982년부터 1998년까지 무려 17년간 메이저리그 정규 시즌에서 단 한 경기도 빠짐없이 출전했고, 은퇴 후 '명예의 전당'에 입성했다.

그런 위대한 선수와 비교할 만한 나의 업적은 초등학교 입학 후부터 고등학교 졸업 때까지 이어진 '12년 연속 개근 기록'

이다. 초등학교 6년, 중학교 3년, 고등학교 3년까지 도합 12년 동안, 나는 단 하루도 학교를 결석한 적이 없었다. 내가 기억하는 한, 심지어 나는 중간에 조퇴를 한 적도 없었다. 그뿐만이 아니다. 유치부부터 청년부까지 20년 가까이 교회를 다녔던 나는 일요일이면 어김없이 주일 예배에 참석했다. 주일 예배에 빠지는 건 부모님이 허락하지 않았고, 나 스스로도 허락할 수 없는 불경스러운 일이었다. 그러니까 초등학교 때부터 대학교에 입학할 때까지 나는 방학이나 공휴일을 제외하면 월화수목금토일 단 하루도 아침에 빈둥거리며 늦잠을 자본 적이 없었던 것이다! (20대 중반 이후로는 교회에 안 다니게 됐지만.)

칼 립켄 주니어와 나를 직접 비교한다는 건 무리수라는 거, 사실 잘 안다. 그는 세계 최고의 리그에서 꾸준히 좋은 성적을 올리며 한 팀에서만 20년 넘게 뛴 '원클럽맨'으로 전설적인 커리어를 쌓은 선수다. 그는 냉혹한 승부의 세계에서 매 시즌 자신의 실력을 증명하며 살아남은 반면, 나는 개근상은 탔지만 우등상은 한 번도 타지 못했던 평범한 학생이었다. 12년 연속 출석 기록은 그저 아프지 않고 사고도 치지 않고 얌전히 학교를 다니면서 쌓은 기록이었다. 그래도 그냥 묻혀두기에는 뭔가 억울한 기록이다. 세상에 '개근의 전당'이 없다는 것이 유감스러울 따름이다.

학창 시절까진 우직함과 꾸준함이 나의 미덕처럼 보였지만, 대학을 졸업하고 사회에 나가면서 나의 커리어는 꾸준함과는 담을 쌓기 시작했다. 나는 칼 립켄 주니어 같은 '원클럽맨'보다는 이리저리 팀을 옮기는 '저니맨'이 되었다. 첫 직장을 다닌 지 8개월 만에 때려치우고 호주로 간 게 '저니맨'으로서 여정의 시작이었다. 사회생활을 시작한 지 1년도 채 채우지 않고 스스로 경력을 단절하고 호주로 워킹홀리데이를 가다니, 지금 생각하면 말도 안 되는 짓이었다. 호주에서 4개월 만에 돌아와서 7~8개월쯤 놀다가 한 회사에 들어갔지만, 몇 개월 뒤에 다시 회사를 나오게 됐다. 그렇게 나의 '누더기 경력'이 본격적으로 시작되었다. A회사에서는 월급을 제때 안 줘서, B회사에서는 부서가 갑자기 사라져서, C회사에서는 나를 마음에 들지 않아 해서 그만두었다.

마지막으로 주 5일 출근하며 일했던 회사는 그때까지 몸담았던 회사 중 가장 긴 기간인 2년 2개월을 다녔다. 당시엔 경력이 더 이상 누더기가 되면 안 된다는 비장한 각오로, 최소한 2년은 버티자는 생각으로 다녔다. 그렇게 2년을 버티고 버티다가 나는 회사를 그만두었다. 그 회사를 나오게 된 건 회사라는 공간에 하루 종일 갇혀 있다는 느낌이 끔찍히 싫어졌기 때문이었다. (회사에 싫은 사람이 있기도 했다.)

회사를 너무 자주 옮긴 나에게는, 새로 면접을 보는 회사에 그동안 경험한 회사들을 그만뒀던 이유를 적절하게 얘기하는 게 가장 어려운 부분이었다. 회사를 여기저기 옮겨 다니는 저니맨에서, 지금은 아예 소속이 없는 프리랜서로 몇 년 동안 버티고 있다. 저니맨은 원클럽맨보다 화려한 스포트라이트를 받으며 은퇴할 순 없을 것이다. 하지만 저니맨의 가장 큰 장점은 말 그대로 훌쩍 떠날 수 있다는 것. 당장 내일이 어떻게 될지 모르는 불확실성 때문에 불안하기도 하지만, 한편으론 이런 상황을 즐기기도 한다. 불확실성이 주는 짜릿함이라는 게 있다. 영 보기 싫은 사람이 있으면 보지 않을 수 있는 선택권도 나에게 있다.

'성공적인 삶이란 보기 싫은 사람과 밥을 먹지 않아도 되는 삶'이라고 누군가가 했던 말을 떠올리면, 이것도 나름 성공한 삶이라고 자위하기도 한다. 생존에 지장이 없는 한은 앞으로도 이런 불확실성을 껴안고 살아가고 싶다. 월급을 많이 받고 평생고용이 보장되는 '좋은 직장'에 다니지 않는 것의 장점도 있어야 하지 않겠는가. 싫으면 훌쩍 떠나도 잃을 것이 별로 없다는 것, 그것이 지금 나의 가장 큰 무기다.

목숨 걸고 일하진 않으면서 살아남는 방법

직장생활이 벼농사라면,
프리랜서 생활은 수렵채집이다

•

사랑은 결국 시간을 선물하는 일이라는 누군가의 정의를 빌리자면, 한국만큼 회사를 뜨겁게 사랑하는 사람들이 많은 나라도 없을 것이다. 야근이 많은 광고업계에서 일하던 나도 분명 회사를 과하게 '사랑'하고 있었다. 아침 9시 30분에 출근해 밤늦게 퇴근하는 일이 잦으면서도 정작 뜨겁게 타오르는 애사심은 별로 없었으니, 한집에 살지만 열정은 식고 의무감만 남은 부부 사이 같았다고 해야 할까.

무엇보다 늘 '갑'의 스케줄에 맞춰야 하는 광고회사의 특성과 야근을 당연하게 생각하는 사내 분위기 때문에, 당일 오후가 돼도 언제 퇴근할지 모르는 상황이 싫었다. 직장생활 10년 차에 가까워지면서, 일로 얽힌 사람들과 하루 중 가장 오랜 시간을 한 공간에 갇혀서 같이 보내야 한다는 것에 대한 회의가 커지기 시작했다. 일이 바쁘면 차라리 시간이 후딱 가기라도 하는데, 가끔은 일이 없는데도 사무실 안에 갇혀 있어야 한다는 것이 견딜 수 없어졌다. 근무 중 딴짓을 '월급 루팡질'이라고 하지만, 월급엔 일이 없을 때도 회사 안에 '감금'되어 있는 비용이 포함되기 때문에 죄책감을 느낄 필요는 없다고 생각한다.

회사의 '시간 도둑'들에게 나는 자주 분노가 차올랐다. 불필요한 야근과 회식으로 내 저녁 시간을 빼앗아간 도둑들. 돈으로도 살 수 없는 게 시간이기에 시간=생명인데, 나는 회사 안의 시간 도둑들에게 내 생명을 갉아먹히고 있는 것 같았다. 그래서 2016년 나는, 다시는 회사에 다니지 않겠다는 마음가짐으로 마지막 퇴사를 결정했다.

대책 없는 프리랜서 생활을 시작하며 어떤 조직에도 속하지 않게 되었고, 일하는 도중에 스트레스가 급격히 올라가는 일은 줄어들었다. 스트레스를 주는 직장 상사, 동료 들의 존재가 사라지면서 가끔씩 출몰하는 '진상 클라이언트'만 잘 받아주면 되었다.

목숨 걸고 일하진 않으면서 살아남는 방법

어떤 프리랜서 에디터분의 표현을 빌리자면, 스트레스를 주는 사람이라도 당장 오늘 옆에 앉아서 같이 일해야 하거나 내일 또 만날 사람은 아니다 보니 분노의 공소시효가 줄어든다.

퇴사 후, 한동안 나는 평소보다 늦잠을 잔 후 상쾌한 기분으로 일어나 한적한 동네 카페에 가는 패턴을 유지했다. 그리고 의욕에 불타 이것저것 하고 싶은 일을 마구 떠올리며 <내 작은 회사 시작하기>, <프리랜서 시대가 온다> 같은 책들을 읽었다. 그러다 얼마 안 가 깨달았다. 유치원-초중고-대학-군대-직장을 거치는 동안 나는 늘 주어진 스케줄대로 살아왔다는 것을. 월요일부터 금요일까지, 그리고 아침부터 저녁까지 온전히 내가 주도적으로 무언가를 계획하고 살아온 적은 없었던 것이다. 웬만한 의지 없이는 자발적으로 하루 종일 집중력을 발휘할 수 없다는 것도 알게 됐다. 회사에서는 억지로라도 집중할 수 있었다. 회사에선 10의 강도로 집중해서 일하고 퇴근했다면, 혼자서는 6의 강도로 엿가락 늘어나듯 일할 때가 많았다.

직장생활이 벼농사라면 프리랜서로 생계를 유지하는 일은

수렵채집 생활에 가깝다. 착실히 논에 나가 일을 하듯 출근하면 먹을 식량은 확보가 되는 직장인과 달리, 프리랜서는 먹잇감을 찾기 위해 직접 사냥을 떠나야 한다. 언제 또 먹잇감을 발견할 수 있을지 모르기에, 생계에 대한 불안이 생길 수밖에 없다.

혼자 사냥을 하는 일은 고독하다. 클라이언트가 만족할 때까지 죽이 되든 밥이 되든 혼자의 힘으로 해결해야 한다. 어떤 프리랜서분도 이런 속마음을 내비치기도 했다.

"심심하고 적적한 날이 꽤 있어서 바텐더 있는 곳에서 '혼술'을 하기도 하고, 다시 회사 다닐까 정신 나간 생각을 하기도 해요."

회사에서 팀으로 일할 땐 동료와 서로 의견을 맞추고 조율해야 하기에 번거롭고 짜증나는 일이 많았지만, 같이 뭔가 성취했을 때의 기쁨도 컸다. 그렇기에 동료와의 협업이, 그리고 소속감이 그리워지기도 하는 것이다.

몇 달 정도 먹고살 수 있는 큰 먹잇감을 물면 당분간 안도할

목숨 걸고 일하진 않으면서 살아남는 방법

수 있지만 어쩌다 일이 있을 때와 없을 때 부침을 겪으면서, 나도 문득 스멀스멀 다시 회사 다녀볼까 하며 잡 사이트에 들어갈 때도 있었다. 하지만 이내 다시 프리랜서의 삶에 충실하기로 다짐한다.

프리랜서처럼 열심히 살지 않아도 되니까 직장생활을 한다는 말처럼, 프리랜서로 살아남으려면 사방팔방 돌아다니고 사람들을 많이 만나야 한다. 영업과 홍보도 직접 하며 '나'라는 브랜드를 알려야 한다. 우연히 유튜브에서 '관점 디자이너'라는 직업으로 한 달에 월급을 20번 받는다는 사람도 있다는 걸 알게 됐다. 나는 '그래, 저게 내가 나가야 할 방향이야.'라고 무릎을 쳤다. 나는 앞으로 양다리, 삼다리, 사다리… 최대한 다리를 많이 걸치기로 했다. 헤어질 수 없어서 헤어지지 않는 관계보다 서로 마음이 안 맞으면 언제든 쿨하게 헤어져도 되는 관계. 진짜 사랑이 아닌 비즈니스 관계라면, 이 정도의 거리를 유지하고 싶다.

나의 경쟁자, 나의 구원자, 나의 챗GPT

•

때는 2016년. 국내 최초의 인공지능 음성비서의 출시를 앞두고, 우리는 분주하게 일을 하고 있었다.

"여러분이 한국의 1세대 인공지능 작가입니다."

인공지능 음성비서 출시를 담당하는 부서의 부장님은 우리를 '1세대 인공지능 작가'로 치켜세웠다. 드라마 작가, 시나리오 작가, 카피라이터 등등 경력도 다르고 나이도 다른 사람들이 모여 인공지능 비서 출시를 위한 프리랜서 작가팀을 꾸렸다. 우리가 맡은 업무는 인공지능의 페르소나를 설정하고, 사용자가 질문했을 때 페르소나에 맞게 응답을 써주는 일이었다.

스마트폰 앱에 깔려 있는 기능에 대해 사용자가 음성으로 요청했을 때("8시에 알람 맞춰줘.", "지금 몇 시야?", "엄마에게 전화 걸어줘." 등등)의 응답부터, 사용자가 하는 아무 말("안녕.", "나 배고파.", "여자친구랑 헤어졌어." 등등)에도 적절한 응답을 써야 했다. 당시 써야 할 응답문은 수만 개에 달했다. 그래서 출시를 앞두고 거의 밤을 새운 적도 있었다. 위트 있게 답을 쓸 수 있는 챗봇 응답문 작업이 재미있었다. 예를 들어 사용자가 "비행기 타봤어?"라고 물어보면 "비행기 모드가 되면 비행기를 타고 있는 기분이 들죠."라고 답했고, "어떤 영화 좋아해?"라고 물어보면, "인공지능이 나오는 영화요. 감정이입 하게 되거든요."처럼 제법 위트 있는 인공지능인 척하고 응답문을 썼다. 재밌는 건 인공지능 음성비서 출시 이후 많은 사람들이 인공지능이 알아서 스스로 응답을 생성하는 걸로 알고 있었다는 것이다. 사실 '인공지능 뒤에 사람 있어요.'가 맞는데 말이다.

당시 나는 우리가 쓰는 응답 데이터가 쌓이면 언젠가 응답들을 학습해 스스로 답을 하는 인공지능이 나올 거라고 생각했다. 나는 우리가 하고 있는 일은 조만간 사라질 거라고 생각해 인공지능팀 작가들에게 자조적으로, "우리 관뚜껑에 우리가 스스로 못을 박고 있는 거예요."라고 말하곤 했다.

그때 우리가 막연히 언제 세상에 나올지 궁금해하고 두려워 하던 인공지능, 그 존재는 몇 년 뒤 '챗GPT'라는 이름으로 세상에 나타났다.

챗GPT가 나오자 같이 일했던 인공지능팀 작가들이 있던 단 톡방에서도 한바탕 소동이 일었다. 우리는 챗GPT가 써낸 그 럴듯한 문구들을 앞다투어 단톡방에 올리며,

"이제 우리 직업은 사라지겠네요."

"정말, 미쳤다!"

"…진짜 절망적이네요."

등등의 한탄을 쏟아냈다.

나는 여기저기 SNS에서 주워들은 얘기들을 조합해서 전 직 장 동료들을 위로했다.

"뇌가 동작하는 메커니즘은 자극에 비선형적으로 반응한 다는 건데, GPT는 비선형적 사고를 못 해요. 인간 뇌에는 1000억 개의 뉴런이 있고, 뉴런의 연결을 담당하는 시냅스는

목숨 걸고 일하진 않으면서 살아남는 방법

100조 개 정도나 있다고요!"

챗GPT가 나오고 한동안은 나도 챗GPT에게 온갖 질문을 해댔다. 그리고 언제부턴가 챗GPT를 업무에 적극 활용하기 시작했다. 챗GPT 덕분에 업무 속도가 빨라졌다. 특히 다소 긴 줄글, 브로셔 원고나 블로그 포스팅 작업을 할 때 유용하다. 예를 들어, 특정 제품에 대한 28페이지 분량의 브로셔 카피 작업을 해야 하면 기존에 있는 제품 관련 텍스트 자료들을 다 집어넣는다. 그런 다음 챗GPT에게 '이 자료를 바탕으로 28페이지 브로셔 페이지 구성으로 정리해줘.'라고 하면 문구가 페이지별로 쫙 정리돼서 나온다. 이런 식으로 하면 작업 속도는 몰라보게 빨라진다.

이제는 일을 시작하기 전 자동적으로 챗GPT를 켠다. 인간은 따라 할 수 없는 속도로 경우의 수를 계산해서 바둑을 두는 알파고처럼, 정해진 텍스트 안에서 문장의 배치를 순식간에 바꾸는 기술은 챗GPT가 제왕이다. 단지 텍스트 내용을 정리해주고 요약해주는 것뿐 아니다. 챗GPT는 누구 말처럼 '공백'을 채워주는 데 귀신 같은 능력을 발휘한다. 특히 가상의 사례나 시나리오를 채워 넣어야 할 때 그렇다. 어떤 보고서를 써야 할 일이 있어서 챗GPT에게 "A정책이 도입됐을 때 벌어질 수 있는 가상 시나리오를 써줘."라고 했더니, 그럴듯한 시나리오를 써줬다.

출판물 기획 작업을 할 때도 유용하게 쓰였다. 어떤 잡지의 월별 콘셉트를 아이디에이션 해야 했는데, "연간 콘셉트가 ○○인 △△잡지에 매월 들어갈 월간 콘셉트를 계절성을 고려해 만들어줘."라고 하니 월별 콘셉트가 좌르륵 나왔다. 각 콘셉트의 퀄리티를 떠나서, 일일이 떠올려야 하는 기본적인 아이디어들의 가짓수를 챗GPT가 순식간에 채워주는 것이다. 물론 지피티가 내놓은 응답 중에 괜찮은 걸 골라내고, 아이디어의 퀄리티를 발전시키고, 문장을 다듬고, 어색해 보이는 표현이 없는지 검수하는 건 아직은 나의 몫이다.

그런데 만약 챗GPT가 명카피까지 뽑아낼 수 있다면 어떻게 되는 거지. 예를 들어 '침대는 가구가 아닙니다. 과학입니다.', '열심히 일한 당신, 떠나라!', '여보, 아버님 댁에도 보일러 놓아드려야겠어요.' 같은 카피를 쓸 수 있다면? 그걸 목격하는 순간이 바로 카피라이터라는 직업에 사망 선고가 내려지는 순간일지도 모른다. 나는 긴장되고 두근거리는 가슴을 진정시키고 시험을 해보기로 했다.

  우선 카피 공부할 때 배운 지식을 떠올렸다. 90년대 초반 탄생한 에이스침대의 명카피 '침대는 가구가 아닙니다. 과학입니다.'는 에이스침대의 기술 연구와 품질 경영 원칙에 기반한 것도 있지만, 한편으론 당시 신혼부부가 신혼살림을 장만할 때 가구와 침대를 세트로 구매했던 패턴을 바꾸기 위한 전략이 담겨 있었다. '침대는 가구가 아닙니다. 과학입니다.'라는 카피에는 당시 신혼부부들이 침대 구매만큼은 가구와 별도로 하게 하기 위한 'NO 가구 전략'이 녹아 있었던 것이다.

  챗GPT에게 실제 당시 에이스침대 광고 전략을 입력하고 카피를 써달라고 부탁했다.

  나: 아래의 전략을 염두에 두고 최대한 간결한 에이스침대의 헤드카피를 써줘.
  타깃은 갓 결혼한 신혼부부이고, 이들은 신혼살림을 구매할 때 침대와 가구를 세트로 사는 경향이 있어. 그런데 우리 에이스침대만은 이제 다른 가구를 살 때 같이 사는 제품이 아니라는 걸 강조해

쥐.

에이스침대는 과학적 설계로 수면할 때 몸이 편안하지.

응답이 나올 때까지 짧은 시간은 마치 나의 운명을 알려줄 신탁을 기다리는 순간처럼 긴장됐다. 챗GPT가 단번에 '침대는 가구가 아닙니다. 과학입니다.'라는 문구를 써내면 어떡하지. 그럼 나는 정말 뭐 해 먹고 살지.

이윽고 응답이 나왔다.

ChatGPT : "침대는 단 하나, 에이스. 신혼의 밤을 과학으로 지켜 드립니다."

나도 모르게 안도의 한숨이 나왔다. 질문을 좀 바꿔보기로 했다.

나: 좀더 임팩트 있고 충격적이면서 간결한 카피는 없을까?

ChatGPT: "가구는 선택, 침대는 에이스. 신혼의 밤, 과학으로 완성하세요."

목숨 걸고 일하진 않으면서 살아남는 방법

이번엔 아예 원하는 답을 떠먹여주는 수준으로 질문을 했다.

나: 좀더 임팩트 있게, 침대=NO 가구 전략을 최대한 담아내서 써 봐.

ChatGPT: "침대는 가구가 아닙니다. 신혼의 밤, 과학은 에이스입 니다."

보는 것처럼 챗GPT는 프롬프트를 어떤 방향으로, 얼마나 디테일하게 입력하느냐에 따라 응답의 수준이 바뀐다. 질문의 디테일과 방향성을 잡는 건 아직 사용자의 몫이니까, 내가 할 일은 아직 있다는 생각이 들지만, "유통업계에 부는 AI 바람, 광고 카피도 이제 AI에게 맡긴다" 같은 인터넷 기사를 보면 심 장이 쿵 하고 내려앉는다. 요새 광고 카피 의뢰가 줄어든 게 혹 시 챗GPT 탓인가. 주변에 수소문하니 비용 절감을 최우선으 로 하는 회사 대표들이 "뭐 하러 카피라이터한테 의뢰해. 챗 GPT 돌려."라고 한단다.

이제 챗GPT가 나오기 전의 세계로는 돌아갈 수 없다.
그런데 챗GPT는 나에게 찾아온 재난일까,

아니면 새로운 기회가 될까.

시간이 답을 알려줄 것이다.

나는 생존의 바다에서 헤엄치는 플랫폼 노동자

•

"회사가 전쟁터라고? 밖은 지옥이야!"라는, 드라마 <미생> 의 대사가 인기를 끌 때와 거의 같은 시기에 회사를 때려치우 고 지금까지 버텨본 결과, 내가 경험한 회사 밖은 유황불이 타 오르는 '지옥'이기보다는 거친 파도가 끝없이 몰아치는 '망망 대해'에 가까웠다.

바람 잘 날 없는 거친 '생존의 바다'에서 살아남기 위해선 무 엇보다 고정적인 수입원이 필요하다. 실력과 운이 따르는 사 람들은 '신의직장호', '금수저호'를 타고 수월하게 생존의 바다 를 항해하기도 하지만, 대부분의 직장인과 회사 바깥의 프리 랜서들은 야근도 불사하고 워라밸도 포기해가며 자신이 타고 있는 '통통배'가 가라앉지 않게 하기 위해 열심히 노를 젓는다.

튜브 하나 없이 맨몸으로 망망대해에 뛰어든 나는, 한동안 백수의 여유를 만끽하며 여유롭게 물 위에서 둥둥 떠다녔다. 하지만 아무것도 하지 않고 계좌의 잔고를 축낼수록 자존감과 함께 내 몸도 서서히 가라앉으리라는 걸 알고 있었다.

프리랜서로 첫발을 내디딜 때 일감은 보통 전에 같이 일했던 인맥을 통해 얻게 된다. 나도 전에 같이 일했던 실장님, 이사님 으로부터 간간이 일을 받아서 생계를 유지했다. 잡 사이트에 서도 프리랜서 일 위주로 카피라이팅 일을 구했다. 그나마 프 리랜서로 근근이 먹고살 수 있었던 건, 내가 해온 일이 외주로 할 수 있는 종류의 일이기 때문이었다. 마지막으로 다니던 회 사와도 좋은 관계를 유지하고 퇴사를 했기 때문에 가끔 그 회 사 일도 받아올 수 있었다.

그러던 와중에 'ㅋㅁ'이라는 프리랜서 플랫폼이 있다는 걸 우연히 알게 되었다. 나는 그 플랫폼에 가서 '전문가'로 등록하 고 내가 제공할 수 있는 서비스도 론칭했다. 플랫폼에 서비스 를 등록해놓고는 한동안 잊고 있었는데, 몇 개월 만에 처음으 로 의뢰가 들어왔다. 플랫폼 노동을 통한 첫 소득을 올렸지만,

초기엔 가뭄에 콩 나듯 몇 달에 한 번씩 문의가 오는 정도라 월 소득에서 차지하는 비중이 크진 않았다.

그런데 내가 제공할 수 있는 서비스를 몇 개 더 론칭하고, 그 플랫폼이 명실공히 '대한민국 1위 프리랜서 플랫폼'으로 커지고 공격적으로 마케팅도 하면서 의뢰가 오는 횟수도 자연스럽게 늘어나기 시작했다. 기존 인맥을 통해 받아오던 일과 프리랜서로 일을 도와주던 회사의 일이 줄어들자, 자연스럽게 ㅋㅁ을 통해 하는 일이 늘어났다.

그렇게 어느덧 나는, 자연스럽게 플랫폼 노동자가 되어 있었다.

사회적 인맥을 통해 일감을 얻고 프리랜서가 되는 게 기존의 코스였다면, 거대한 플랫폼 기업들이 생기면서 프리랜서 노동시장도 바뀌기 시작했다. 거대 플랫폼의 무지막지한 점은 기존의 유통 질서를 완전히 뒤흔들 수 있다는 것이다. 플랫폼이라는 게 무엇인가. 전혀 만날 일이 없던 사람들까지 공간의 제약 없이 연결해주는 가공할 도구 아닌가. 이는 프리랜서에겐

도시 독립생활

새로운 기회가 되기도 한다. 기존의 오프라인 세계는 각 분야마다 영업 라인을 잘 뚫어놓은 영업부장이나 이사들이 주름 잡고 있다. 하지만 이젠 영업 라인 하나 없던 프리랜서라도 플랫폼에 서비스만 잘 등록하고 관리하면 많은 매출을 올릴 수 있는 기회가 생긴다. (실제 ㅋㅁ에도 억대 수익을 올리는 전문가들이 갈수록 늘어나고 있는 추세라고 한다.)

물론 플랫폼이 커질수록 경쟁은 내부에서 더 치열해진다. 각각의 서비스 카테고리별로 같은 서비스로 경쟁하는 수많은 전문가들이 있다. 가격과 서비스 후기와 평점 등 모든 것이 오픈된 재능 시장에서 이들과 경쟁하며 나의 재능을 파는 건 쉬운 일이 아니다. 마스터 등급에 오른 소수의 전문가들에게 일감이 많이 몰리는 건 어쩔 수 없는 부익부 빈익빈 현상이기도 하다.

모든 게 비교되고 경쟁하는 구도라 서비스 가격도 높게 올려놓을 수 없다. 이 정도는 받아야지 하고 단가를 높였다가, 다른 경쟁자들의 가격을 보면 (한숨을 한 번 쉰 후) 다시 가격을 내리게 된다. 경험과 포트폴리오를 쌓기 위해서 서비스 가격을 비교적 싸게 올리는 신규 전문가들은 꾸준히 생겨나고 있으며, 의뢰인도 소상공인이거나 작은 단체인 경우가 많다. 이들은 예산이 풍족하지 않기에, 기본적으로 플랫폼 노동은 '박리다매'로 돈을 번다고 생각해야 한다. 내가 이 돈 받고 일하려고 경력을 그렇게 쌓았나 하며 한숨을 쉬거나, 과거 '영광의 시절'에 젖어 있다가는 죽도 밥도 안 된다. 입장을 바꾸면, 우리도 인터넷에서 물건을 살 때 싼 가격을 찾지 않던가.

어느 플랫폼 시장이나 그렇겠지만 프리랜서 플랫폼도 학력이나 경력보단 별점과 후기, 결과물로 평가를 받는 공간이다. 고로 사용자의 후기와 별점은 정말 중요한 요소다. 별 다섯 개 만점에 어쩌다 별 한 개 반, 별 반 개의 '별점 테러'라도 당하면 평균 평점은 회복 불가능한 내상을 입기도 한다.

한번은 어떤 의뢰인의 회사 홈페이지에 들어갈 카피를 작업해줬는데, 최악의 평점인 별 반 개와 함께 '콘셉트와 맞지 않는 카피였다'는 후기 글이 달렸다. 그런데 홈페이지에 가보니 버젓이 그 카피를 내걸고 있는 것 아닌가! 나는 의뢰인에게 메시지를 보내 어떻게 된 일인지 물어봤다. 그러자 그 카피는 임시적으로 쓰는 것이며, 다른 전문가에게 새로 의뢰가 들어간 상태라는 답변이 돌아왔다. 이런 안 좋은 후기에는 댓글을 잘 다는 것이 중요하다. 감정적 대응은 절대 안 된다. 작업을 하게 된 경위와 프로세스에 대한 설명, 정중한 유감 표시(그리고 클라이언트의 무리한 요구나 잘못된 판단력을 은근슬쩍 암시하면 좋다.), 마지막으로 그럼에도 불구하고 귀사의 건승을 빈다는 내용으로 마무리해야 한다. 그 댓글은 해당 클라이언트에게 얘기하는 것이 아니라 다른 잠재적인 고객에게 보이기 위한 것이기 때문이다.

사실 이 정도의 스트레스는 하루 종일 사람들과 부딪히며 받던 직장 스트레스에 비하면 아무것도 아니다. 아무리 까다롭고 부당한 요구를 많이 하는 클라이언트라도 일회적이고 일을 끝내면 다시 마주칠 일은 많지 않기 때문이다.

학연이나 지연, 어떤 현실적인 인맥의 도움도 받지 않아도 된다는 것. 공간이나 나이의 제약도 받지 않고 어디에 소속되지 않고도 생계를 유지할 수 있다는 것이 플랫폼 노동의 장점이다. 이론적으론 지구상 어디에서도 일할 수 있는 진정한 디지털 노마드 생활도 가능해진다. 나는 동남아나 유럽의 도시에 가서 일을 할까 하는 상상도 해보긴 한다. 이론적으론 노트북과 제대로 돌아갈 뇌, 키보드를 칠 수 있는 손만 있으면 충분히 가능하다.

하지만 사실 웬만한 프리랜서나 플랫폼 노동자는 절대 여유를 부리며 '폼 나게' 일할 수 없다. 희한하게도 의뢰는 한꺼번에 갑자기 몰리거나 한동안은 아예 없어서 손가락 빨거나 둘 중 하나다. 문의 메시지는 낮이나 밤이나 새벽을 개의치 않고 시도 때도 없이 온다. 소득도 불규칙하기에 작업'물' 들어올 때 항상 '노'동을 저어야 한다. 실제 프리랜서가 된 후, 바쁠 때면 자정까지 일을 붙잡고 있는 나 자신을 발견하게 될 때가 많았다. 광고회사 다닐 때에 며칠 야근해서 겨우 경쟁 PT가 끝내자마자 바로 다른 PT를 디밀던 대표님이 이해가 가는 순간이었다.

플랫폼 노동이 보편적인 노동의 형태가 될지는 모르겠지만, 확실한 건 기존 회사들의 '파이'를 조금씩 빨아들이고 있다는 것이다. 주위에도 플랫폼 노동자가 늘어나기 시작했다. 지금

도시 독립생활

도 멀쩡히 중견기업 구매팀에 다니는 친구는 몇 년 전 '타다'에서 시작해 지금은 주말에 '배민 커넥터'로 N잡을 뛰고 있다. 몇 년 전 은퇴한 삼촌과 외숙모는 소일거리 삼아 배민 커넥터로 짬짬이 돈을 벌고 있다.

플랫폼은 우리가 생존이라는 바다를 무사히 항해하게 해줄 수 있을까. 지금 상황은 혼자 의지할 것 없이 헤엄을 치고 가다가 물에 뜰 수 있는 스티로폼을 하나 붙잡고 가는 느낌이다. 언제까지 동행할진 모르겠지만, 프리랜서 플랫폼은 당분간 나와 '운명 공동체'가 됐다.

4차산업혁명과 함께 찾아온 플랫폼 노동 시대에 우리 모두, 부디, 플랫폼 꽉 붙잡고 살아남길.

목숨 걸고 일하진 않으면서 살아남는 방법

3부. 관계 속에서 고군분투하기

아버지는 택시 드라이버

•

아빠의 첫 영업용 차는 초록색 중고 포니였다.

현대차에서 만든 국내 최초 독자 생산 자동차 모델.

초록색 포니에 대한 실제 기억은 없다. 옛날 사진 속에서만 그 모습을 볼 수 있을 뿐이다. 월남전에 위생병으로 참전했다 돌아온 아빠는 70년대 중반 무렵부터 택시 기사가 되었다. 월남전에 1년만 다녀와도 당시 돈으로 가게 하나는 차릴 정도의 돈을 벌었다고 하는데, 그 돈이 어떻게 됐는지는 아빠 외에는 아무도 모른다. 아빠는 회사택시로 일을 시작해 형과 내가 태어난 이후 개인택시 자격을 취득했다. 당시엔 택시회사에서 5년 동안 무사고로 일하면 개인 택시 '남바'를 살 수 있었다.

그래서 내 기억 속에서 아빠는 늘 개인택시 운전사였다.

이틀 일하고 하루 쉬는 개인택시 3부제 덕분에 아빠는 쉬는 날이 많았다. 나는 방학이 되면 아빠 쉬는 날만 기다렸다. 그날은 온 가족이 근처 불암산에 놀러 가 약수물을 뜨고 불암산 배드민턴장에서 배드민턴을 치는 날이었다. 한국에 본격적인 '마이카 시대'가 오기 전인 80년대부터 우리 집은 마이카의 혜택을 누렸다. 여름이 되면 우리는 택시를 타고 바다로 계곡으로 강으로 떠났다. 택시를 타고 우리 가족이 갈 수 없는 곳은 없었다.

한번은 우리 가족을 포함해서, 할머니, 이모, 이모부, 외삼촌, 외숙모에 사촌들까지 아빠의 택시에 전부 타고 놀러 간 적도 있었다. 조수석에는 외삼촌이 이모부 무릎 위에 앉았고, 뒷자리는 자리가 모자라 이모, 할머니, 어른 사촌들이 바닥에 앉아 갔다. 그때 4인용 차에 몇 명이 탔나 세어보았는데 무려 11명이었다! 당시 나는 여기서 조금만 더 타면 기네스 기록을 세울 수도 있지 않을까 생각했다.

가족들 간 모처럼 대화가 활발히 오가던 장소도 차 안이었다. 한정된 공간에 함께 갇혀 있으면 평소 듣지 못하는 옛날 이야기가 흘러나왔다. 엄마가 갑자기 간 수치가 내려가지 않고 황달에 걸려 나를 외가 할머니집에 맡겼던 얘기부터, 내가 네 살 무렵 나를 차 뒷자리에 태우고 차를 출발했는데 엄마가 뒤 돌아보니 내가 없어져서 깜짝 놀랐고, 알고 봤더니 내가 차에 서 굴러떨어졌었던 사건까지.

　이야기는 엄마 아빠의 연애 시절로 거슬러 올라가기도 했다. 사람들이 쥐도 새도 모르게 고문실로 끌려가던 군사 독재 시절, 아빠가 엄마와 드라이브 데이트를 하다가 북악스카이웨이 에서 잠시 차를 세웠다. 그런데 차를 세우자마자 군인 두 명이 갑자기 총을 들고 차 앞에 들이닥쳤다. 그중 한 명이 왜 차를 세웠냐며 아버지를 끌고 가려고 했다. 그 순간 아빠가 기지(?) 를 발휘해 "아직 애인 손도 못 잡아봤다. 차 세워놓고 뽀뽀라 도 하려고 했다."고 넉살 좋게 말했고, 그러자 군인 중 한 명이 껄껄 웃으며 그냥 가라고 했다. 급박한 상황에서 재치 있게 행 동한 아빠의 모습에 엄마는 이 사람하고 결혼해도 괜찮겠다는 생각을 했다고 한다.

　가끔은 아빠의 택시에 우리 가족이 타고 있는 상황에서 손님 을 태우기도 했다. 당시 합승 제도가 있었기 때문에 가능한 일이었다. 덕분에 나는 아빠의 근무 현장을 엿볼 수 있었다. 그때는 형과 내가 덩치가 작아 우리 가족 네 명이 다 타고 남는 자리에 손님을 두 명은 더 태울 수 있었다. 아빠는 앞자리 조수석을 비우고 뒷좌석에 형과 나, 그리고 엄마를 앉게 했다. 한번은 명절에 결혼한 듯한 커플이 앞뒤로 탔는데, 부모님과 그 커플이 마치 이웃처럼 정겹게 대화를 나눴던 게 지금도 뚜렷하게 기억에 남아 있다. 당시 뒷자리에 앉아 있던 여자분이 앞 좌석에 앉은 남편의 머리를 보며 "자기 벌써 흰머리가 난다."라고 말했는데, 그게 벌써 30년 전 일이다.

아빠는 원래 저녁이면 일찍 들어와 형과 나와 잘 놀아주었다. 하지만 형과 내가 초등학교에 입학하고 학년이 올라갈수록 아빠의 귀가 시간은 늦어지기 시작했다. 어느 순간부터 아빠는 저녁에는 집에 없는 사람이 되었다. 원래도 불안한 아이였던 나의 불안은 더 심해졌다. 아빠의 귀가 시간이 조금만 늦어져도 아빠가 교통사고를 당하거나 안 좋은 나쁜 일에 휘말리지 않았을까 하는 온갖 상상이 나의 머릿속을 도배했다. 불안의 정도가 심해져서 하루에 시내에서 교통사고로 사망한 사람이 몇 명인지 체크할 정도였다. 아빠가 아직 집에 오지 않은 밤이면 온갖 나쁜 상상을 하며 심장이 두근거렸고, 한밤중에 아빠가 집에 들어오는 소리를 들으면 불안이 사르르 가라앉길 반복했다.

택시 기사인 아버지에 대한 노래인 <양화대교>의 가사를 보면 자이언티는 택시 운전하는 아버지에게 어디냐고 물어보는데, 그때는 휴대폰이 없어서 누군가 밖에 나가면 돌아올 때까지는 안부를 알 수 없는 '깜깜이' 상태였다. 엄마도 걱정이 됐는지 아빠에게 아침 일찍 나가서 오후에 들어오면 되는데 왜 그러지 않냐고 말했지만, 아빠는 근무시간대를 바꾸지 않았다. 아빠가 도시의 낮보다는 도시의 밤을 달리는 걸 더 좋아했던 건지는 잘 모르겠다. 그렇게 나는 10대 시절 아빠가 일하러 나가 있는 대부분의 밤을 불안에 떨면서 보냈다.

고등학생 때 별안간 집으로 전화가 온 적이 있다. 전화를 받자 어떤 여학생의 목소리가 들렸다. 갑자기 내 이름을 묻더니 다짜고짜 한번 만나보고 싶다고 말했다. 또래 여자아이랑 제대로 된 대화를 해본 적 없던, 극도로 내성적인 사춘기 소년이었던 나는 당황해하며 만날 생각이 없다고 말하고 전화를 바로 끊었다. 나중에 알고 보니 아빠가 택시를 탄 여고생에게 내 아들이 괜찮다며 연락해보라고 번호를 준 것이었다. 이를 들은 엄마는 쓸데없는 짓을 한다고 아빠에게 핀잔을 주었다. 아빠는 장난기가 있고 말 붙이기 좋아하는 성격이라 새로운 손님을 만나는 재미도 느꼈을 것이다. 분명 손님들을 귀찮게도 했겠지.

그동안 아빠가 태운 손님만 어림짐작해도 수십만 명은 될 것이고 별의별 일이 다 있었을 것이다. 아빠에게 몇몇 무용담도 들었다. 한번은 손님을 으슥한 교외에 있는 집까지 태워줬는데, 손님이 택시비를 가지러 간다며 집에 들어가서는 나오지 않아서 아빠가 쫓아간 적이 있었다. 그런데 갑자기 손님이 돈을 못 주겠다고 돌변했고, 아빠는 화가 나 손님의 얼굴을 한 대 때렸단다. 손님이 아빠를 뒤쫓아오는데 아빠가 도망치며 그 집 현관문을 급하게 닫았고, 그 순간 그 손님이 문에 쾅 부딪히는 소리가 났다. 아빠는 무사히 빠져나올 수 있었다. 그 얘기를 들으며 왠지 모를 짜릿함을 느꼈다. 한번은 아빠가 화가 난 상태로 돌아온 적도 있었다. 길에서 다른 운전자랑 시비가 붙어 한바탕 싸움을 하고 오신 모양이었다. 아빠는 다소 상기된 얼굴로 들어와서는 "니들은 아버지가 밖에서 어떤 일을 겪고 오는지도 모른다." 하였다. 그때 어린 나는 아빠가 누군가에게 맞고 들어오셨구나, 하고 안쓰러운 마음이 들었다.

택시 기사라는 직업은 돈을 크게 벌 일도 없지만 건강만 잃지 않으면 일을 못 하게 될 일도 없다. 수동 기어를 쓰던 시절, 클러치를 자주 밟아서 무릎에 문제가 생긴 것, 그리고 내가 고3 때 직업병인지 요로결석에 걸려 한동안 병원에 입원했던 적을 빼면 아빠는 건강했다. 많은 가장이 직장을 잃던 IMF 때도 우리 가족은 경제적 어려움을 피해갈 수 있었다. 아빠는 회사 다니는 것보다 택시 기사가 더 낫다며, 의기양양하게 "택시가 회사고, 아빠가 사장이야." 말하곤 했다.

시대가 변하면서 아빠의 차도 같이 변했다. 포니를 지나 콩고드, 포텐샤, 다이너스티, 그리고 그랜저로 차종은 점점 커졌다. 엄마는 아빠처럼 차 바꾸는 걸 좋아하는 사람이 없다며 혀를 내둘렀다. 그리고 모범택시 제도가 생기며 아빠는 모범택시 운전사가 되었고, 택시도 체어맨 리무진으로 바뀌었다. IMF 이후 카드 대란 사태가 오기까지 호경기 시절엔 모범택시로 강원랜드에 가는 손님을 태우면서 아빠의 벌이가 한창 좋을 때도 있었다. 나와 형이 대학생이 되고 집에 가장 돈이 많이 들던 시기엔 아빠의 근무 시간이 가장 길었다. 나중에 아빠 말로는 하루에 14시간 넘게 운전하고 돌아올 때면 입술이 하얗게 말라 있었다고 한다.

아빠의 마지막 영업용 차는 8인승 카니발이었다.

아빠의 은퇴는 코로나가 한창 창궐하던 2021년에 찾아왔다. 코로나가 전 지구를 덮치면서 당시 주로 공항으로 가는 손님을 태우는 카니발 대형 택시를 몰던 아빠를 찾는 손님도 사라졌다. 밖으로 나가는 사람이 줄면서 택시를 타는 사람도 줄어들자 개인택시 면허 가격도 떨어지기 시작했다. 택시면허는 일종의 은퇴자금이었기 때문에, 아빠는 택시면허 가격이 더 떨어지기 전에 팔아야겠다고 결심했다.

"너희 아빠 차 팔았어."
아빠가 택시 팔았다는 얘기를 엄마에게 뒤늦게 들었다. 나는 평소 은퇴할 생각을 하시던 아빠에게 "80대 중반에도 택시 기사 하는 분을 뉴스로 봤다.", "아빠는 아직 한참 더 남았다."라고 격려하며 은퇴 시기를 최대한 늦추려 했었다. 예상치 못한 아빠의 은퇴로 인해 은퇴식 계획도 물거품이 됐다. 원래 나의 은퇴식 계획은 이랬다. 아빠의 마지막 영업일 날 온 가족이 인천공항으로 향한다. 그리고 손님인 척 아빠에게 호출을 한다. 그리고 짜잔! 아빠를 놀라게 한 후 모두 아빠의 공항택시에 타고 집으로 돌아온다. 우리 가족이 아빠의 마지막 승객이 되고 싶었다. 그리고 아빠가 택시 기사복을 벗기 전에 꽃다발을 전해주고 싶었다.

아빠는 은퇴 후에도 동네 친구가 많아서 외출을 자주 한다. 키는 작지만 워낙 건강 체질이라, 일흔이 넘은 나이에 처음 볼링을 치러 가서는 첫 공으로 스트라이크를 치는 사람이다. 은퇴 후 한동안은 동네 초등학교에서 급식 배식 아르바이트를 하셨는데, 가끔은 택시 기사 일을 그리워하시는 것 같다. '모든 건 마음가짐에 달렸다.', '세상을 부정적인 생각으로 보느냐 긍정적인 생각으로 보느냐에 따라 세상은 다르게 보인다.' 아빠가 지겹도록 했던 말들이다. 택시 안에선 내가 사장이고 사람 스트레스도 안 받고 얼마나 좋은 직업이야, 말하면서도 한편으론 우리나라가 택시 기사에 대한 사회적 인식이 낮다며 푸념을 하곤 했다. 나도 어린 시절엔 아빠의 차가 영업용 차라는 표시가 안 되어 있는, 지붕이 매끈한 자가용 차였으면 하고 바랐었다. 아빠는 택시 기사를 정말 천직으로 생각했을까. 아빠의 꿈은 언제 이곳에 머물렀을까.

아빠가 택시에서 보낸 그 많은 밤들을 생각해본다. 단 하루도 똑같지 않았을, 만 일이 넘는 밤, 입술이 바짝 마를 정도로 피곤하고 고단했을 그 숱한 밤, 가족 모두 잠들어 있는 집에 돌아온 늦은 밤, 운전 중 꾸벅꾸벅 졸았을 그 숱한 밤들, 자칫 잘못하면 큰 사고가 날 뻔했던 위험했던 밤, 밤…… 밤들. 그럼에도 40여 년 넘게 큰 사고 없이 은퇴할 수 있었던 건 분명 행운이었을 것이다. 아니, 행운이라는 말로는 부족하다. 그건 분명 우리 가족에게 일어난 기적이었다.

지구의 둘레는 4만여 킬로미터. 지구에서 달까지는 38만 킬로미터. 아빠가 반세기 가까이 택시를 몰며 지구를 수백 바퀴 돌고, 지구에서 달까지 수십 번은 왕복했을 거리다. 그렇게 아빠가 쉬지 않고 운전대를 잡은 덕분에 지금의 내가 있다. 별다

관계 속에서 고군분투하기

른 복지나 보너스도 인센티브도 없고 아파서 쉬면 돈을 벌 수
없는, 서비스노동자와 육체노동자의 중간 정도에 있는 택시
운전사. 평생 택시 운전을 하며 아빠는 나에게 생명을 주었고,
밥을 주었고, 옷과 책을 주었다. 그리고 지금의 삶이 있게 했
다.

파트타임 파수꾼

•

형수님에게서 연락이 왔다.

"토요일에 저희 애들 좀 봐줄 수 있어요? 초등학교 입학설명회가 있는데 두 시간 정도만 저희 집에서 놀아주면 돼요."

나는 흔쾌히 알겠다고 했지만, 은근히 걱정이 됐다. 두 시간 동안 일곱 살 남자아이와 네 살 여자아이가 얌전히 있을지는 미지수였다. 눈 뜨고 숨 쉬는 것조차 놀이이며, 조금이라도 지루하거나 무언가 자기 마음에 안 들면 어디로 튈지 모르는 게 저 나이 때의 아이들 아닌가. 떼를 쓰고 울거나, 서로 싸우거나 해서 다치는 일이라도 벌어지면 최악이다. 두 시간이면 어느 정도로 체력을 안배하며 놀아줘야 할지 감이 안 왔기에, 일단 '최대한 힘들이지 않는 방법으로 놀아주자.'고 마음먹었다.

관계 속에서 고군분투하기

나는 가장 먼저 스마트폰을 보이지 않는 곳에 두었다. 첫째 조카가 스마트폰을 보게 되면 불나방처럼 달려들어 유튜브를 틀어달라고 내내 조를 것이 뻔하기 때문이다. (세 살이었던 첫째 조카가 내 방문을 빼꼼히 열고 처음으로 나를 "삼춘"이라고 부르던 순간이 아직도 기억난다. 그때 나는 좀 찡했다. 몇 년 전만 해도 세상에 존재하지 않았던 그 조그마한 존재가, 점점 세계를 인식하는 자아가 생겨 나를 호명했을 때는 감격스러웠다.)

"삼촌, 유튜브 틀어줘."
"유튜브 못 봐."
"삼촌 스마트폰 없어?"
"응, 없어."

휴, 거짓말을 잘 넘겼다. 태권도를 배우고 있는 첫째 조카는 자기도 주체할 수 없는 아드레날린이 과다 분비되는지 아무 이유 없이 나를 주먹으로 때리고 작은 발로 발길질을 한다. 물론 그러면 나는 힘으로 제압해버린다. 너도 귀엽던 시절은 다 지났다, 야.

"우리 춤추자!"

나는 일단 춤으로 시동을 걸었다. 집에 있는 AI 스피커 '짱구'에게 신나는 노래를 부탁했다. <강남 스타일>을 틀어놓으면 곧잘 춤을 잘 추는 조카들의 힘을 우선 빼놓자는 전략. 둘째 조카는 춤 실력이 제법이다. <강남 스타일>에 맞춰 정해진 안무가 아닌 막춤을 추는데, 거기에 '스웩'을 얹을 줄 안다. 음악이 흘러나오고, 내가 먼저 춤 시범을 보였지만, 조카들은 흥이 안 나는지 영 반응이 시원치 않았다. 잠시 멀뚱멀뚱 쳐다볼 뿐이다. 이렇게 첫 번째 놀이는 가볍게 실패.

바로 레퍼토리를 바꿨다. 다음 놀이는 거실에서 하는 '무궁화꽃이 피었습니다.'

내가 자동으로 술래가 돼서 몇 번이나 "무궁화꽃이 피었습니다."를 외치며 조카들을 잡아내려 했지만 내 등 뒤에서 날 툭, 치고 날렵하게 뛰어 도망가는 조카들의 털끝 하나도 건드리지 못했다. 몇 번의 술래 턴 끝에 지쳐갈 무렵, 첫째 조카는 갑자기 팽이를 돌리자며 나를 자기 방으로 이끈다.

요새 팽이는 줄로 감아서 복도나 콘크리트 바닥에서 돌리는

게 아니다. '배틀팽이'라는 걸 '런처'라는 것에 끼우고 손잡이
를 잡아당겨 지붕이 뚫린 조그마한 돔구장 같은 '스테디움' 안
에서 팽이가 돌아가게 한다. "팽이는 줄로 감아서 돌려야지.
너 줄로 감아서 팽이 돌려봤어?"라고 물어보지만, 조카가 알
턱이 없다. 조카와의 팽이 대결은 나의 전패다. 자기가 가장 좋
은 팽이를 챙기고 나에게는 상대적으로 약한 팽이를 건네준 조
카를 탓할 순 없다. "이런 건 팽이가 아니야."라고 나는 투덜거
렸다. 세상이 참 많이 변했다는 건 팽이만 봐도 알 수 있다. 팽
이 돌리는 게 지겨워져 나는 조카들을 다시 거실로 데리고 나
갔다.

124

 이번 종목은 숨바꼭질이다. 숨바꼭질은 숨어 있는 동안 쉴
수 있으니 체력 소모가 덜한 종목. 그런데 숨바꼭질을 하기엔
조카들이 숨는 스킬이 아직 부족하다. 둘째 조카는 내가 옷장
안에 숨으라고 가르쳐줬는데, 잠시 들어가 있다가 그새 못 참
고 몇 초 만에 밖으로 나와버린다. 무엇보다 숨을 동안 1부터
30까지는 세야 하는데, 아직 거기까지는 무리다. 나는 숨을 곳
을 찾다가 숨을 만한 곳이 없어서 그냥 베개로 얼굴만 가리고
방에 엎드려 있었다. 조카들이 까르르 웃으면서 나를 찾았다

고 신나 했다.

시계를 보았다. 아직 한 시간밖에 안 지났다.

내가 지쳐서 잠시 소파에 누워 있자, 조카들은 잠시 틈도 안
주고 놀이터 가지고 떼를 쓰기 시작했다. 특히 첫째 조카가 심
심하다고 아우성을 쳤다. 나는 허락 없이 놀이터에 가면 삼촌
이 아빠한테 혼난다고 설명을 해줬다. 잠시라도 지루한 걸 못
견디는 아이들의 유희 본능은 역시 무섭다. 나는 다급하게 거
실에 굴러다니는 인형을 들고 인형 1인극을 하기 시작했다. 인
형 손발을 움직이면서 목소리만 조금 바꿔서 대사를 하니 조카
들이 자지러진다. '다행이다. 시간을 조금 벌 수 있겠는걸.' 중
간에 둘째 조카가 쉬가 마렵다고 해서 쉬를 보게 하였다.

형하고 형수는 언제쯤 오려나. 지쳐서 시계를 흘끔흘끔 보고
있는 나에게 구원이 찾아왔다. 첫째 조카가 장난감 차를 들고
나온 것. '터닝 메카드'라고 자석이 있는 카드에 닿으면 갑자기
로봇으로 변신하는 자동차가 있다. 조카와 나는 몇 발자국 떨
어져 동그란 카드를 서로의 위치에 놓고, 터닝 메카드를 굴려

카드에 맞히기 시합을 하였다. 아, 누워서 할 수 있는 놀이라니, 정말 다행이다. 조카는 다행히 지겨워하는 기색을 보이지 않았고, 나는 바닥에 누운 채 터닝 메카드를 바닥으로 굴리고 받기를 반복했다. 둘째 조카는 다행히 옆에서 티라노사우루스가 나오는 책을 혼자 펼쳐놓고는 가상의 친구에게 공룡에 대해 설명해주기 시작했다. 고맙다. 나의 구원자, 터닝 메카드! 티라노사우루스! 거실 바닥에 누워서 하염없이 터닝 메카드를 보내고 있는데 드디어 형과 형수가 돌아왔다. 형수는 두 시간 동안 큰 말썽이 없었다는 걸 알고 반은 안심, 반은 내가 사뭇 대견하다는 듯한 표정을 지었다.

짧고 굵었던 나의 미션은 다행히 성공적으로 끝났지만, 나는 집에 와서 뻗었다. 근데 오늘 한 게 놀이인가, 노동인가? 분명 같이 놀았는데, 나는 왜 이렇게 피곤한 거지? 사실 그 답은 이미 알고 있다. 내가 한 건 '놀기'가 아니라 '놀아주기'였기 때문이다. '놀기'는 쉽지만 '놀아주기'는 어렵다. 아이들이 다치지 않고 잘 놀 수 있도록 돌봐야 할 책임이 있기 때문이다. 갑자기 '호밀밭의 파수꾼'이 떠올랐다.

나는 한때 천진난만하게 호밀밭을 뛰어다니는 아이였다. 그리고 내가 뛰어놀 땐 내가 절벽으로 떨어지지 않도록 나를 지켜봐주는 파수꾼이 있었을 것이다. 나는 뛰놀던 아이에서 어느덧 파수꾼 역할을 해야 하는 어른이 되었다. 조카들에게 지금의 시간은 느리게 흐를지 모르지만, 아이들은 생각보다 빨리 자라고, 내가 같이 뒹굴거리며 놀 수 있는 시간도 얼마 남지 않았으리라. 앞으로도 조카들이 깔깔거리며 놀 때 옆에 있어주는 파수꾼 역할을 좀더 해주고 싶다. 비록 요령을 피우고, 거짓말을 하고, 인내심이 부족한 파트타임 파수꾼이 될 공산이 크지만 말이다.

관계 속에서 고군분투하기

가족은 나쁜 애인

•

　가족과 있으면 종종 그런 순간이 온다. 나의 자존심을 팍팍 건드리는, 기분 나쁜 말을 듣게 되는 순간.

　그냥 무심하게 넘길 수 있는 말도 그 발화자가 가족일 때는 유독 나의 민감한 뇌관을 건드린다. 가까운 사람일수록 상처를 주기도 하고 받기도 한다는 말은 가족 관계에도 적용되지만, 자식 입장에선 억울할 수 있다. 우리 사회에서 '불효자'는 쉽게 손가락질받지만, 사실 부모-자식의 관계에서 압도적으로 더 많은 상처를 주는 사람은 부모일 것이다. 어린아이였을 때부터, 부모는 자식에게 너무도 강력한 권력자이기 때문이다. 가족이라는 내밀한 관계에선 구성원들 간의 감정도 복잡하게 얽혀 있기에, 나는 가족들에게 애틋한 감정을 느끼다가도 가끔 싸한 말을 들으면 기분이 확 상하기를 반복했다.

도시 독립생활

"내가 니들 키우느라 뼈 빠지게 일했지, 어디 가서 노름을 했냐, 바람을 피웠냐. 니들은 정말 걱정 없이 자랐다."

아버지가 입버릇처럼 하시던 말이다. 부모님도 그 시대 보통의 부모와 같았다. 두 분은 나와 형을 양육하는 데 사랑과 정성을 쏟으셨다. 한편으론 한국의 평범한 부모들처럼 보수적이고 가부장적인 면이 있었고, 또 여느 부모들처럼 자식들이 좋은 대학과 그럴듯한 직장에 들어가길 바랐다. 어렸을 땐 형과 나에게 가끔 체벌을 가했다. 한편으론 "넌 매사에 부정적이야.", "내가 자식 교육을 잘못했네.", "부모 말 안 들으면 나중에 후회한다." 등등의 말로 자식을 비난하거나 자식에게 죄책감을 심어주기도 하였다.

'행복한 가정은 모두 엇비슷하지만, 불행한 가정은 불행한 이유가 제각기 다르다.'

톨스토이의 소설 <안나 카레니나>의 유명한 첫 문장이다. 따져보면 논리적 허점이 있는 것 같기도 한 저 문장을 볼 때마다, 나는 내가 자랐던 가정이 행복한 가정인지 불행한 가정인지 생각해보곤 했다.

사실 가족과 같이 살았던 날 중에 행복했던 날과 불행했던 날의 비율을 따져보면 행복했던 날이 당연히 더 많았지만, 결론은 간단하지 않았다. 다른 가정에서 살아보질 않아서 딱히 비교할 수도 없을뿐더러, 가끔씩 찾아오는 불행한 날은 내 기억에 강한 자국을 남겼기 때문이다.

취업을 위해 자기소개서에 성장 배경을 쓸 때는 아무 고민 없이 '때때로 엄하시지만 인자하신 부모님 덕분에 화목한 가정'에서 자랐다고 썼지만, 그 문장 그대로 마냥 '화목한 가정'이라고 할 순 없었다. (이 글을 보면 부모님은 아마 내가 부모의 은혜도 모르는 자식이라며 괘씸해하거나, 자식을 잘못 키웠다며 펄쩍 뛸지도 모르지만.) 무수히 많은 시간을 함께 보내며 가족 내 구성원들 사이에 쌓이고 쌓인 감정들, 그리고 서로 얽히고설킨 심리적 진실은 겉으로 보이는 것보다 너무 복잡한 것 아니겠는가.

아버지의 칠순 잔치 때 가족들이 돌아가면서 한마디 할 시간이 있었다.

나는 마이크를 잡고 "가족은 어디에 있어도 가족입니다."라고 나름 감동적인(?) 발언을 했다. 가족의 유대감을 강조한 말이었지만, 생각해보니 가족이라고 언제나 같이 살진 않아도 된다는 뜻도 되었다. 서른을 훌쩍 넘어서까지 엄마가 해주는 밥을 먹다가 뒤늦게 독립을 하게 된 나는 혼자 살게 되면서 비로소 '마음의 평화'를 얻었다. 두 분의 잔소리, 그리고 어릴 때부터 끊임없이 들어온 부모님의 티격태격 다투는 소리를 듣지 않게 된 후부터 말이다. (두 분에겐 수십 년을 이어져온 사랑싸움이었을지 몰라도 듣고 있는 나는 정말⋯⋯.)

   어렸을 때는 집안에서 애교를 담당했다는 내가, 사춘기 이후부터는 가족에게 까칠하고 퉁명스럽게 대한다는 말을 듣는 이유에 대해 생각해보다가 나는 어쩌면 당연한(?) 결론에 다다랐다. 내가 가족과는 생각과 가치관이 다른 어른이 되어버렸다는 사실이었다. 그렇다고 친구나 애인보다 가족을 사랑하지 않는다는 말이 아니다. 누가 '그렇다면 너에게 가족이란 무엇인가?'라고 묻는다면 나는 이렇게 대답할 것 같다.

   나에게 가족은 나쁜 애인이다.
   헤어질 수도 없고, 사랑하지 않을 수도 없는.

관계 속에서 고군분투하기

그래서 가끔은 나를 더 괴롭게 하는 감정의 용광로 같은 존재.

살다 보면 좋아하는 감정을 넘어서 사랑하려고 노력해도 사랑할 수 없는 상대도 있는 반면에, 사랑하지만 온전히 모든 것을 좋아할 수 없는 존재도 있는 것 같다.

이제 노년이 된 부모님을 위해 내가 할 수 있는 건 부모님을 이해하는 것이다. 완벽하지 않았던 한 사람으로서의 부모를 이해하고, 부모 역시 완벽하지 않은 부모 밑에서 자랐었다는 걸 이해하는 것이다. 가족이라는 모순을 껴안고 살아가야 하는 것이 운명이다. 앞으로도 나는 그 '나쁜 애인'과 함께 세월을 보낼 것이다.

뒷담화에 대처하는 우리의 자세

•

늘 도둑이 제 발 저린다.

친구 A와 한참 카톡으로 친구 B에 대해 뒷담화를 하다가, 문
득 뒷덜미가 서늘해졌다. 얘네들이 다른 톡방에서 나를 잘근
잘근 씹는 모습이 머릿속에서 그려졌기 때문이었다. 사실 나
는 친구 B와도 친구 A에 대해서 가끔 흉을 보니까, 친구 A와
B가 나를 씹는다는 건 안 봐도 뻔한 일이다.

그러니까 한편으론, 나도 뒷담화를 당해도 싸다.

'사람은 셋만 모이면 정치를 한다.'는 말이 있는데, 그렇다면
셋이 모인 곳엔 뒷담화가 있을 것이다. 프랑스의 대문호 발자
크도 "우리가 상대방의 등 뒤에서 쑥덕대는 말을 그의 면전에

대고 직접 한다면 이 사회는 도저히 유지되질 못할 것이다."라
고 하지 않았던가. 발자크도 뒷말을 즐겼던 것이 분명하다.

　잘 모르는 사람에 대한 험담을 들을 때는 사실 신나게 맞장
구를 쳐줄 수가 없다. 뒷담화는 일단 가담자들이 모두 아는 사
람을 대상으로 해야 씹는 맛이 좋다. 평소 그 사람에 대해 비슷
하게 느꼈던 점을 서로 확인했을 때 찾아오는 동질감이나, 그
동안 놓쳤거나 미처 몰랐던 그 사람의 흠이나 단점을 친절하
게 얘기 나눌 때의 짜릿함은 서로 아는 사람을 입에 올릴 때 더
'쫀쫀'해지기 때문이다. 뒷담화 가담자들은 특정 대상을 깎아
내리면서 '공범의식'이 생기고, 서로 돈독해지는 느낌도 든다.

　뒷담화에도 넘지 말아야 할 선이 있다. 뒷담화는 뒷담화가
벌어진 곳에서만 깔끔하게 하고 끝낼 것. 뒷담화 내용을 다른
누군가에게 다시 퍼트리거나 새어 나가게 하지 않을 것. 그리
고 절대 당사자의 귀에 들어가지 않게 할 것. 뒷말이 당사자의
귀에 들어갔다면, 이간질한 범인을 반드시 찾아내야 한다. (앞
으론 그 사람 앞에선 절대 누군가를 뒷담화해선 안 된다.) 그
리고 (당사자와 관계를 유지하고 싶다면) 당사자에게 '진심으

로' 사과를 해야 한다.

　한참 신이 나서 누군가를 열심히 씹은 후의 뒷맛은 개운하지 않다. '부정적 에너지'를 한참 쏟아내고 나면 왠지 허탈함이 밀려온다. 사실 누군가를 험담하고 미워하는 건 너무 많은 에너지가 소모되는 일이다. 그나마 다행인 점은, 누군가를 한참 흉보고 나면 그 사람에 대한 미운 감정이 어느 정도 사그라든다는 것이다. 가까운 사람을 씹은 후일수록 미안한 마음도 더 생긴다. (물론 사안에 따라 전혀 미안하지 않은 경우도 있긴 하지만.) 그 사람에게 차마 앞에서 대놓고 할 수 없는 얘기를 다른 곳에서 함으로써 쌓였던 감정이 어느 정도 해소되기도 한다. 묵은 감정이든 똥이든 속으로 쌓아놓는 것보다 어떻게든 빨리 밖으로 배출하는 게 좋다.

　뒤에서는 흉을 보다가, 앞에서는 무슨 일 있었냐는 듯 웃으면서 지내는 '가식'이 무조건 나쁘다고 생각하지 않는다. 그 사람을 흉볼 때도 진심이지만, 그 사람 앞에서 정답게 얘기할 때도 진심일 수 있는 것이다. 누군가가 좋다가도 어떤 말을 할 땐 싫어지기도 하고, 이젠 좀 질린다 싶다가도 연락이 없으면 다시 궁금해지는 게 사람 마음이다.

'20세기 최고의 소설'로 꼽히는 <잃어버린 시간을 찾아서>를 읽다가 이런 구절을 발견하고 무릎을 쳤다. "우리가 서로 남에게 품는 의견, 친우끼리의, 가족끼리의 관계가 겉으로만 고정되어 있지 실은 바다와 같이 한없이 유동하고 있기 때문이다." 가까운 이에 대한 생각이나 감정도 이렇게 시시각각 요동친다. 우리는 복잡하고 모순적인 존재들이다.

뒷담화의 제물이 된다는 건 썩 유쾌한 일은 아니지만, 사회생활을 하다 보면 피할 수 없는 일이기도 하다. 어떤 사람의 진면목을 알려면 그 사람과 권력 관계, 애정 관계, 금전 관계에 얽혀보면 되는데, 사회에서 만나는 사람들은 대부분 이 중 하나에 해당된다. 그리고 그 관계 안에서 우리는 각자 다른 욕망과 개성을 가지고 있기에, 부딪힐 수밖에 없다. 그래서 나는 '사람들이 뒷담화를 전혀 하지 않는 착한 사람'보다는 '사람들이 뒷담화를 종종 하는 보통 사람'이 낫다고 생각한다. 적어도 그 사람은 자신의 욕망에 솔직하게 살기에, 주위 사람들이 바라는 대로만 행동하지는 않는 사람일 테니까. 오히려 문제는

도시 독립생활

모두에게 착하다는 말만 듣는 사람 아닐까. 착하다는 건 뒤집어 말하면 그만큼 자기 욕망을 억누르고 산다는 의미가 될 수도 있으니까.

뒷담화하는 심리의 이면엔 시기, 질투, 원망 등 부정적인 감정들이 뒤섞여 있다. 누구에 대해, 무엇을, 어떤 식으로 뒷담화하느냐에 따라 뒷담화하는 사람의 '민낯'이 보인다. 그래서 누군가가 미워지거나 뒷담화하고 싶은 생각이 들 때, 일단 내안을 들여다볼 일이다. 헤세의 말처럼, 우리가 어떤 사람이 싫은 건 그 사람에게서 나의 싫은 점을 보았거나, 또는 내가 억압했던 나의 욕망을 들켰을 때일 수도 있으니.

그러니 앞으로 살면서 나에 대한 뒷말이 어쩌다 내 귀에 들린다 해도, 그냥 안 들은 척 슬쩍 웃고 넘어가면 될 일이지, 뭐.

관계 속에서 고군분투하기

정치와 종교 얘기는 함부로 하지 말아야지

●

정치와 종교 얘기는 함부로 하는 게 아니다.

이성적인 토론이 아니라 감정싸움으로 번져 관계가 틀어지기 딱 좋은 주제라, 잘못 시비가 붙으면 아무리 가까운 사이라도 한순간에 철천지원수가 된다. 명절날 모처럼 모인 가족끼리 정치 얘기를 하다가 싸움이 붙어 밥상이 나뒹굴었다는 뉴스가 괜히 명절 때마다 나오는 게 아니다.

정치와 종교는 사람들 마음에 쉽게 불을 지피는 '가연성 높은 물질'임이 분명하다. 분류하자면, 나도 정치 종교 떡밥을 물면 상대가 누구든 물불 안 가리고 뛰어드는 '불나방'이었다. 그것들이 지나간 자리는 풀 한 포기 안 남은 잿더미가 될 수 있다는 걸 알면서도 미련하게.

도시 독립생활

20대 중반, 내가 갑자기 오래 다니던 교회를 나가지 않기로 결정하자 가족들은 난리가 났다. 나는 처음엔 가족들을 설득하려 했다. 내가 내린 결정은 세상을 이해하고 느끼는 바에 따른 것이고 그렇게 하는 것이 세상을 정직하게 살아가는 태도라고 설득시키려 했지만, 독실한 신자들에게 그 말이 먹힐 리 없었다. 나는 '교회에 안 가는 자유'를 얻기 위해 한동안 가족과 전투를 벌일 수밖에 없었다. 보다 못한 형은 교회 전도사님을 집으로까지 모시고 오기도 했다. 나와 전도사님은 한참 침을 튀기며 토론을 했지만, 결국 서로의 입장 차이만 확인할 뿐이었다.

가족은 이제 나를 어느 정도 포기한 상태지만, 가끔 나에게 "그래도 하나님은 믿지?"라고 물어본다. 그러면 나는 적당히 얼버무린다. 가족은 나를 아직 교회를 출석하지 않을 뿐 하나님은 믿는 '비교회주의 신자'라고 생각하고 있다.

30대 초반 모 광고회사에 다닐 때는 우주의 기원 때문에 일개 사원 주제에 대표님과 '맞짱'을 뜬 일이 있었다. 회식 중 마침 옆에 앉으신 대표님과 담소를 나누다가 어쩌다 보니 종교 얘기를 하게 되었다. 당시 그 대표님은 '빅뱅 같은 과학적인 이론도 사실 성경으로 다 설명할 수 있다.'고 말씀하셔서 나는 약간 비웃으며 반박하는 말을 하였다. 그때 그분의 표정이 살짝 일그러지는 게 느껴졌다. 그 이유 때문은 아니지만, 결국 그 회사는 오래 다니지 못했다.

30대를 통과하며 종교라는 주제에 대해 얘기하다 예전처럼 목에 핏대를 세우는 일은 줄어들었다. 그런데 시시각각 우리의 삶에 직접적인 영향을 미치는 정치에 있어서는 좀처럼 초연해지기 힘들었다.

몇 년 전, 헌정 사상 처음으로 현직 대통령이 탄핵을 당하고 처음으로 봄에 열린 대통령 선거를 맞아 나는 주위 사람들과 대선 얘기를 자주 하곤 했다. 한번은 직장 동료들과 누구를 지지할지 얘기하던 중 내 말을 듣던 직장 동료가 자신이 지지하는 후보를 내가 지지하지 않는다는 이유만으로 "혹시 일베하세요?"라고 조롱하듯 말했다.

누군가 한국 사회는 '도덕 쟁탈전을 벌이는 거대한 극장'이라고 했던가. 일상에서 전투가 벌어지는 전장은 카톡방이다. 까똑! 소리와 함께 친구가 보낸 정치 기사 링크는 일종의 선전 포고다.

어느새 카톡방엔 피비린내가 진동한다.

지금도 기억에 남는 가장 큰 전투는 2019년 '죽창 전투'다.

당시 정치권에서도 죽창 운운하며 한반도가 '반일 정서'로 한참 들끓을 무렵이었다. 죽마고우인 친구가 한일 관계에 관한 정치 기사 링크를 보내며 일본에 대한 분노를 토해냈다. 거기에 나는 질세라 반일 정서와 민족주의를 부추기는 지금의 상황과 정부의 외교정책에 대해서 우려를 표했다. 그러자 친구는 일본한테 뭔 말만 하면 왜들 그리 벌벌 기는 건지, 위안부 할머니들에게 부끄럽지 않은지 다그쳤다.

"네가 말하는 외교는 그냥 일본에 굽히자는 거야. 이런 상황에서 국민적 단결을 폄훼해도 되는 거냐?"

나는 일본인 아내와 사는 사람의 집 앞에 '쪽발이는 꺼져라.'는 쪽지가 남겨지고, 일본 차를 몬다는 이유로 매국노로 몰며 일부 주차장에선 주차까지 거부하는 상황이 현실에서 벌어지고 있는데, 우리가 싸우자는 게 일본 정부인지 평범한 일본 시민들인지 구분하지 않는 '단결'이 대체 무슨 의미인지 생각해 보라고 했다.

카톡으로 이어지던 논쟁은 주말 동네 카페에서도 이어졌다. 우리는 만나서 멀쩡히 밥을 먹고 카페에서 수다를 떨다가, 어느 순간 주제가 정치 문제로 넘어가자 다시 목소리를 키우면서 싸우기 시작했다. 그렇게 정신없이 한참 싸우다 보니 친구의 입에서는 내가 '매국노 친일 세력'이 되어 있었고, 나는 친구를 '민족주의 친북세력'이라고 받아쳤다. 정말 옆에 죽창이라도 있었으면 서로 들고 싸우는 '죽창고우'가 될 뻔했다.

다행히, 서로 감정이 격한 상태가 가라앉자, 친구는 "네가 친일일지언정 종일이라고 생각하지 않으며, 더욱이 나라를 팔아먹고자 하고 있다고 생각지는 않는다."고 사과했고, 나도 "내가 하는 말과 생각이 다 옳다고 생각하진 않는다."고 논쟁을 마무리했지만 그 후론 한동안 서로 연락도 하지 않고 지냈다.

도시 독립생활

냉각기를 거쳐 카톡방은 전시에서 다시 평시로 돌아왔지만 그것도 잠시뿐, 굵직한 이슈들이 터질 때마다 단톡방에선 포연이 멈추지 않는다. 시간이 흘러 큰 선거를 앞둔 정치의 계절이 되었고, 우리는 대선 후보들의 자질에 대한 논쟁으로 다시 불이 붙었다.

옳고 그름의 도덕적 판단은 이성이 아니라 직관적으로 이루어진다고 했던가. 언쟁 중엔 온갖 오류의 만찬이 펼쳐진다. 흑백논리의 오류, 일반화의 오류, 독심술의 오류, 과대/과소평가의 오류 등이 대화를 화려하게 수놓는다. 무엇보다 우리는 내 반대편에 서 있는 정당과 정치인에 대해서는 최선을 다해 나쁘게 보고, 내 편이라고 생각하는 정치인에 대해서는 최선을 다해서 관대하게 봐준다. 우리 진영에 불리한, 악의적이고 편협한 기사를 쓴 기자는 '기레기'가 되고, 우리 진영에 유리한, '객관적이고 논리적인' 기사를 쓴 기자는 '참기자'가 된다.

몇 년간 독서모임을 같이 해온 지인은 답답함을 토로하기도 했다. 모 시사지에서 기자로 있다가 소위 '보수신문'으로 불리는 언론사의 월간지 기자로 이직한 후, 자신이 쓴 기사 댓글에

"역시 조중동 기자"니 "적폐 기자"라는 댓글이 많이 달린다는 것이었다. 그 지인은 자신의 기사 논조는 바뀐 게 하나도 없다고 열변을 토했다.

모든 사태의 근본은 나의 '과도한 정의감'이었던 것 같다. 또한 상대방을 대화의 대상이 아니라 계몽의 대상으로 여겼고, 왜곡된 정보와 잘못된 관점으로 세상을 오해하고 있는 상대방을 그냥 둘 수 없으니, '얼른 생각을 바꿔줘야 한다!'는 오만하고 쓸데없는 의무감에 불타 있었다.

생각해보니 그럴 때 나는 나도 모르게 '평소 내가 싫어하는 사람'이 되어 있었다.

독기와 독선을 내뿜으며 상대를 이겨먹으려는 심보로 가득한 사람.
목소리가 너무 큰 사람.
자기가 상대방보다 더 많은 것을 알고 있다고 전제하고 말하는 듯한 사람.

그게 바로 나의 모습이었다.

얼마 전 지인에게 정치랑 종교 문제 때문에 인간관계가 여러 번 파탄 날 뻔했던 얘길 했더니, "그런 얘길 친구랑 왜 하세요?"라는 말이 돌아왔다. 마지막에 덧붙인 말도 나의 어리석음에 대한 안타까움으로 느껴졌다.

"뭐든지 내 마음 편하고 타인이나 사회에 불편을 끼치지 않는 정도가 좋은 거죠."

한때 특정 정치인이나 정당이 집권하면 세상이 쉽게 좋아질 거라 믿던 시절이 있었다. 그러나 여러 정부를 거치면서, 그 당시 내가 옳다고 핏줄 세우며 지지했던 정책과 주장들이 지나고 보면 민망할 정도로 틀린 경우도 많았다. 나이가 든다는 건, 세상일이란 그리 단순하지 않고 어떤 사람이든 선과 악으로 쉽게 판단할 수 없다는 걸 깨달아가는 과정일지도 모른다. 세상엔 늘 바른말만 하는 사람도, 늘 틀린 말만 하는 사람도 드물지 않은가. 심지어 한 문장에서도 옳고 그름이 뒤섞여 있는데 복잡한 인간의 머릿속엔 얼마나 많은 옳고 그름이 뒤섞여 있을까.

관계 속에서 고군분투하기

예전엔 왜 사람들이 정치 얘기와 종교 얘기를 하지 말라고 하는지 이해가 되지 않았었다. 정치와 종교야말로 우리 삶과 죽음의 모습을 좌우하는 핵심 요소니까, 서로의 정치관과 종교관에 대해 얘기하지 않고 누군가와 깊이 있는 대화를 할 수 없다고 생각했다. 그러다 우연히 유튜브 알고리즘으로 접하게 된 법륜스님의 일침에 뜨끔해졌다.

우리가 옳다 그르다를 너무 움켜쥐고 있기 때문에 갈등이 심한 거예요.
사람의 생각은 같다, 다르다?
다르다!
그럼 다른 거는 어떡하겠냐, 다른 걸 인정하는 게 평화로 가는 길이에요.
나와 생각이 다른 그 사람을 인정하는 것이 존중이에요.

그동안 나의 논쟁은 너무 소모적이었다. 논쟁 이후엔 평정심이 무너지고 한동안 일에 집중하지 못할 때도 있었다. 그러니 이젠, 인간관계를 파괴해가며 뭘 그렇게 확신에 차서 얘기하지 말아야겠다고 생각한다.

도시 독립생활

분명 친구에게 다시 카톡이 올 것이다. 하지만 앞으론 반드시, 주기적으로 찾아오는 '정치의 계절'을 무사히 넘겨야겠다.

정말, 정치랑 종교 얘기는 함부로 하는 게 아니다.

관계 속에서 고군분투하기

독서모임만 10년째

•

"독서모임을 돈 내고 한다고? 한 번 참석에 5만 원? 미쳤어?"

지인에게 유료 독서모임 플랫폼에 대해 첨 들었던 순간 나의 반응은 이랬다. '미쳤다고 유료 독서모임을 하냐, 지금도 독서모임 잘하고 있는데.'라고 했던 나는, 몇 달 후 그 플랫폼에 가입해서 신나게 참여하고 있었다.

유료 독서모임 플랫폼에서 처음 참여한 모임은 매달 선정한 책을 읽고 에세이도 써가는 모임이었다. 모임에 참석하려면 모임 전까지 책을 다 읽고 그달의 주제에 맞는 1,000자 이상 분량의 에세이를 써야 했다. 모임비를 결제해도 에세이를 제출하지 않으면 모임에 참가할 수도 없는 '빡센 조건'이 붙지만, 그게 오히려 승부욕(?)을 자극했다. 유료 독서모임은 내 돈이 들어가는 만큼 확실히 참석률과 참여도가 높다. 단점이 있다면 참가 인원이 10명을 훌쩍 넘는 경우가 많아 한정된 모임 시간에 적극적으로 말하지 않으면 몇 마디 얘기 못 하고 돌아오는 경우도 많다는 것이다.

모임에서 이런저런 이야기를 나누고 뒤풀이까지 하다 보면 대학교 동아리 모임 같은 느낌이 들기도 한다. 비슷한 관심사를 가진 성인들이 모여 같이 잉여의 시간을 보낼 수 있었기에, 벌써 5년이 흘렀지만 그 모임에서 알게 된 몇몇 멤버와는 지금도 동창처럼 가끔 만나고 있다. 유료 독서모임 플랫폼 덕분에 사회 친구가 생긴 셈이다. 모든 사회적 활동이 멈춰야 했던 코로나 거리 두기 시절을 제외하면 지금도 나는 꾸준히 유료 독서모임 플랫폼 멤버로 활동하고 있다.

하지만 나에겐 빼놓을 수 없는 친정 같은 독서모임이 있다. 안국역 근처 모 카페에서 일요일 오전에 진행하는 안국독서모임. 2013년 가을부터 참석했으니 벌써 10년을 훌쩍 넘었다. 모임에 처음 참석했을 때 함께 이야기를 나눈 책은 알랭 드 보통의 <뉴스의 시대>였다. (이 책의 편집자와도 이날 모임 때 처음 만났고, 친한 것도 안 친한 것도 아닌 느슨한 사회 친구가 된 지 어느덧 10년이 흘렀다.)

10년 동안 꾸준히 모임을 할 수 있었던 건 그만큼 '느슨함'을 유지했기 때문이다. 안국독서모임은 책을 꼭 다 읽어오지 않아도 되며, 매번 참석하지 않아도 된다. 당일 참석 인원이 몇 명 안 되면 모임 날짜를 쿨하게 다음으로 미루기도 한다. 너무 덥거나 춥거나 비가 온다는 이유로 모임을 하지 않기도 하며, 몇 달째 나오지 않는 유령회원도 늘 있다. 발제할 책을 선정했는데 신작이거나 너무 핫한 책인 경우, 도서관에서 쉽게 빌릴 수 없다는 이유로 회원들에게 보이콧당하기도 한다. 이처럼 우리 모임은 모여서 책 얘기보다 수다를 더 떨다 가고, 갑자기 불참하거나 지각을 해도 그런가 보다 하는 느슨한 모임이다.

아무리 문학사에 길이 남는 걸작이라고 해도 당일 참석한 멤버들의 마음에 안 들면 가차 없이 까이는 것도 우리 독서모임의 '묘미(?)'다. 몇 년 전, 한 회원이 카프카의 <변신>을 발제했는데, 그때 모임 사람들의 반응이 시큰둥했다. 솔직히 말하면 <변신>을 성토하는 분위기였다. '왜 주인공이 벌레로 변했는지 이해가 안 간다', '<변신>이 어떤 메시지를 전달하려고 하는지 잘 모르겠다', '고전이라고 우리가 꼭 의미 있게 읽을 가치가 있다고 장담할 수 있느냐' 등등. 멤버들의 예상치 못한 반응에 <변신>을 발제한 회원의 안색이 '변신'했다. 그 후 얼마 안 있어 그 회원은 모임을 탈퇴했다. (회원님, 우리가 잘못했습니다.)

독서모임을 하면서 얻게 되는 또 다른 소득은 독서 편식을 방지하게 된다는 것이다. 독서모임에 참여하면 외면했던 책, 읽어보지도 않고 깔봤던 책, 너무 유명해서 손이 가지 않았던 책도 접하게 될 수 있다. 독서모임을 하는 사람들의 종류를 굳이 나누자면 자기계발류 서적 독서모임과 인문학 책 위주 독서모임을 하는 사람들이 있다. 이처럼 자기계발 진영과 인문학 진영 간에는 서로 다른 분야의 책에 대해 무관심하거나 무시하는 경우가 많은데, 자기계발류 회원과 인문학류 회원이 (일시적으로나마) 자연스럽게 섞이면 독서 경험의 확장이 일어나기도 한다. 인문학 독서 진영에 속해 있는 나도 비슷했다. <아프니까 청춘이다> 같은 초베스트셀러나 <부자 아빠 가난한 아빠> 같은 재테크 서적도 독서모임이 아니었으면 읽지 않았을 거다.

관계 속에서 고군분투하기

그런데 막상 모임에서 읽어보니 삶에 도움되는 유용한 내용이 많았다. 잘 알지도 못하면서, 읽어보지도 않고 비난하는 것보다는 비판적으로 읽고, 읽으면서 배울 점을 찾는 게 더 득이 되는 태도일 것이다.

독서모임을 하다 보면 서로 의견이 달라 얼굴을 붉히는 경우는 다반사고, 발제한 책을 아무도 읽어오지 않아 모임이 '뻘쭘하게' 진행될 때도 있다.

독서모임을 꾸준히 오래 참석하는 마음가짐은 일단 모임에 참여하기 위해 나 혼자 책을 읽는 시간을 충분히 즐기는 것이다. 모임에 대한 기대치를 낮추는 것도 중요하다. 나와 생각이 다른 의견을 듣더라도, 때론 모임이 매끄럽게 잘 진행되지 않거나 내가 발제한 책의 진가를 못 알아보더라도 실망하지 않아야 오래 참석할 수 있다.

독서모임이란 내향성과 외향성이 만나는 지점이다. 독서 행위라는 내향적 활동을 한 후에, 모임이라는 외향적인 행위에 참여해야 하니까. 안으로 파고들었다가, 거기서 나누고 싶은 충동을 발견해 발산하는 욕구로 이어지는 것이다. 그래서 성실하게 책을 읽어오고 모임에 꾸준히 참석하는 회원은 귀하다. 가장 책을 안 읽는 나라에서 그래도 꾸준히 책을 읽겠다고 모인 사람들이니 한 명 한 명 소중하지 않을 수 없다.

나는 독서모임에 참석할 때마다 발제 책에 대해서 사람들과 이야기할 수 있는 기회는 이번이 마지막일 거라고 생각한다. 그러면 책모임을 할 때마다 의미가 남다르게 다가온다.

안국독서모임은 그동안 오간 사람도 많고 부침도 많았으나 여전히 '느슨하고 꾸준하게' 참석하는 멤버들이 있어 유지되고 있다. 시간이 지나면서 자연스럽게 멤버들의 평균 나이도 오르고 있다. 그렇게 같이 늙어가면서 앞으로도 느슨하게 오래 가길 바란다. 모임을 할 때마다 비슷한 생각과 관점을 확인하는 반가움, 그리고 다른 생각과 관점이 충돌하고 부딪히면서 생기는 다채로움이 삶을 즐겁고 풍요롭게 해줄 테니까.

관계 속에서 고군분투하기

술보다 떡볶이가 좋은 사람, 여기 있어요!

•

술 잘 마시게 생겼다는 말을 자주 듣긴 하지만, 다행인지 불행인지 당최 술을 잘 받는 몸뚱이가 아니다. 그래서 누가 어떤 술을 가장 좋아하냐고 물으면, 나는 "입술"이라고 대답한다. (그러면 보통 상대방은 할 말을 잃는다.) 소주 반 잔만 들어가도 금세 얼굴이 빨개지고, 조금 무리하게 마시고 집에 돌아가 웃통을 벗으면 늦가을 단풍 구경 온 듯 몸이 울긋불긋해져 있다. 그러니 천상 술을 자주, 많이 마시면 안 될 팔자다. 그래서 꿀꿀한 하루를 보내더라도 보통은 카페인과 탄수화물로 위안을 얻는다.

술꾼에게 '술 땡긴다'는 말을 내 식으로 바꿔 말하면 '떡볶이 땡긴다'이다. 술꾼에게 술이 있다면 나에겐 떡볶이가 있다. 먹어도 먹어도 질리지 않고, 어제 먹었는데 또 먹고 싶고, 먹은

지 하루도 지나지 않았는데 어느새 다시 그리워지는 떡볶이. 그래서 나는 누군가에게 떡볶이 같은 사람이 되고 싶다. (내가 죽으면 부디 몸에서 라면 사리가 나오길!)

쓴것보다 단것을 좋아하고 식탐이 많은 사람인 까닭에, 술도 쓴 소주보다는 단맛이 가미된 청하나 백세주, 또는 준벅 같은 술을 고른다. 어렸을 땐 우유에도 설탕을 타 먹던 버릇 어디 안 가는 법이다.

술과 관련된 얼마 안 되는 흑역사의 첫 페이지는 대학교 신입생 때 장식했다. 신입생 환영회 때 선배들이 주는 술을 내 주량도 모르고 넙죽넙죽 받아 마셨고, 헤롱거리며 집에 왔는데 기저귀를 차지 않게 된 이후 처음으로 무언가를 바지에 지렸다는 걸 알게 됐다. (다행히 집에 와서였다.) 알코올이 과하게 들어가면 괄약근 컨트롤이 안 될 수도 있다는 걸 처음으로 경험했다.

술 때문에 생긴 흑역사가 아니라 술이 없어 생긴 흑역사도 있다. 잠시 썸을 타던 여자분과 술을 마시고 조금 취해서 우

관계 속에서 고군분투하기

리 집까지 왔는데, 그 여자분이 우리 집 냉장고를 열어보더니, 다소 실망한 기색으로 "술이 없네."라고 말했다. 술꾼 입장에 선 당연히 냉장고에 시원한 캔맥주가 있을 거라고 기대했을 테니, 그렇게 그녀는 어정쩡하게 있다가 흥이 깨졌다는 듯 다시 택시를 타고 집으로 돌아가 버렸다. 그날 맥주캔이 있었다면 그날 밤의 역사는 바뀌었을지도 모른다. (그날 이후 내가 마시지 않더라도 집 냉장고에 캔맥주 몇 개는 늘 채워둬야 한다는 교훈을 얻었다.)

술 관련 흑역사 에피소드에서 나는 주연이기보단 조연이거나 현장에 있던 목격자, 혹은 수습하는 사람이었다. 술만 마시면 길바닥에 주저앉아서 대성통곡을 하는 대학 동기 때문에 쩔쩔매기도 했고, 술꾼 여자친구의 뒤치다꺼리는 내 몫이었다. 그러고 보니 그동안 사귀었던 여자친구 중에는 술꾼이 많았다.

술꾼과 비(非)술꾼이 사귀면 더 많이 속 썩는 건 언제나 비술꾼이다. 술꾼 애인이 어딘가에서 술에 취해 속을 게워낼 때, 비술꾼은 집에서 속을 끓인다. 술꾼들은 으레 여러 사람과 술

자리를 즐기다 보니, 평일엔 주로 얌전히 집에 가는 비술꾼은 탐탁지가 않다. 얘가 술을 마시다 어떤 놈하고 눈이 맞진 않을지, 취한 상태로 집에는 잘 들어갈지 걱정이 앞선다.

술에 취한 여친이 지하철 휴지통에 토할 때 등 두드려주고, 술집 앞까지 차를 몰고 가 집까지 태워다준 것도 여러 번이었다. 술만 취하면 큰 맥주캔에 편의점에서 소시지와 과자, 컵라면을 잔뜩 사놓고 먹는 여친 옆에서 먹는 것을 지켜봐주기도 했다. (주사가 심했던 어떤 여친은 내 목을 조르기도 했다.) 헤어진 여친이 술에 취해 전화를 하면 콜센터 직원처럼 A/S 서비스를 해주기도 했다. 비술꾼 입장에서 술꾼을 사랑한다는 건, 독주보다 쓴맛을 볼 각오가 필요한 일인지도 모른다.

술과 나와의 관계는 말하자면 뜨뜻미지근한 관계다. 좋아 죽겠는 것도 아니지만, 가끔은 집에서 혼술을 하기도 하니까, 술을 싫어하는 것도 아니다. 인간관계로 비유하자면 어정쩡하게 썸은 타지만 결코 뜨거워질 수 없는 관계라고나 할까. 그런데 한국 남성 100명 중 12명가량이 술과 관련된 질환이나 사고로 죽는다고 하니, 지나친 사랑 때문에 몸을 해치기보다, 가끔씩

관계 속에서 고군분투하기

오래 만나는 가늘고 긴 관계를 유지하는 지금이 낫다는 생각도 든다.

  나도 소주를 시원하게 원샷 하면서 옆사람에게 "야, 마셔마셔~!" 하고 싶은데 몸이 따라주질 않는다. 술자리에선 기본적으로 약자 포지션에 있다 보니 부어라 마셔라 주량을 자랑하는 술자리보다는 비교적 소수가 모인 술자리, 조용한 분위기에서 조근조근 얘기할 수 있는 술자리, 술은 천천히 마시고 '안주발'을 세워도 핀잔을 듣지 않는 술자리를 좋아한다. 어찌 됐건 내가 좋아하는 사람들의 반 이상은 술꾼들이니까, 나는 술의 영향권에서 벗어날 수 없다. 그래서 말인데 술꾼 친구들아, 안주는 떡볶이 어때? 그러면 술자리 분위기도 떡볶이처럼 더 말랑말랑해질 거 같지 않니?

올드 프렌드, 베스트 프렌드, 뉴 프렌드

•

얼마 전 오랜 친구 넷이서 오랜만에 패밀리 레스토랑에서 만났다. 20대 초반부터 같이 어울려 다니던 우리는 한때 시도 때도 없이 만나 공원과 술집을 전전하며 수다를 떨던 사이다. 지금은 (나를 제외한) 모두 결혼을 하고 자식이 생겼고, 자연스럽게 이제는 '연중 행사'처럼 가끔 만나게 되었다.

만나면 연애 얘기를 주로 했던 옛날과는 대화의 주제도 바뀌었다. 언제부턴가 우리는 만나자마자 서로 이제 나이 들었다는 푸념을 늘어놓는다. 이번에도 각자의 근황을 살짝 풀어놓고는 누구는 돈 많이 벌었다더라, 부동산이 최고다, 너도 이제 보톡스 맞아라 등등의 재미없고 처진 대화를 하다가 기념 셀카로 모임을 마무리했다. 오랜 친구 넷은 이렇게 조금씩 처져가는 아저씨 아줌마가 되어가고 있다는 걸 서로 확인하고 헤어지는 '올드 프렌드'다.

  오랜 친구가 좋은 건 마냥 늘어져 있어도 괜찮다는 것. 만났을 때 딱히 분위기를 띄우려고 노력하거나 재밌는 얘길 하지 않아도 되는, 내가 아무 생각 없이 있어도 괜찮은 사이. 서로 일상이 바빠서 생일을 챙기지 않고 넘어가도, 몇 달 연락이 없어도 우린 이제 그러려니 한다. 어느 땐가는 서로 싸워 연락을 안 하던 시기도 있었고, 때론 상처가 되는 말을 주고받기도 했다. (지금도 가끔 서로 흉을 보기도 한다.) 하지만 그렇게 함께 쌓아간 세월의 더께 덕에 우리는 느슨한 가족 비슷한 관계가 된 것 같기도 하다.

  김중혁 작가의 책 <뭐라도 되겠지>에 '어렸을 때 서로 친구가 될 수 있었던 것은 서로를 이해하지 않았기 때문'이라는 구절이 있다. 서로를 이해하지 않은 채 그냥 지내면서 시간이 쌓였고, 그렇게 서로를 이해하는 대신 함께 보낸 시간을 이해하게 된다는 것이다. 생각해보면 오랜 친구들과 나도 서로를 아주 깊이 이해한다거나, 가치관이나 관심사가 아주 비슷한 것도 아니다. 좋아하는 음악이나 영화 취향도 각자 다르다. 서로 좋아하는 책 얘기를 한다는 건 꿈에도 나오지 않을 일이다.

우리가 친구가 될 수 있었던 가장 큰 이유는 서로 가까운 곳에 살았고, 사회생활을 시작하기 전 잉여의 시간이 많았고, 그래서 그 시간을 함께 보낼 수 있었기 때문이었다. 어른이 되어서 친구를 사귀기 힘들어지는 건 그만큼 같이 보낼 수 있는 잉여의 시간이 부족하기 때문이 아닐까 하는 생각도 든다.

단지 함께 보낸 세월의 길이가 우정의 가치를 말해주진 않는다. 몇십 년이고 지속한 관계라도 유통기한이 지난 관계라면 끊어버리는 것이 맞을 수도 있다. 오히려 처음 만난 사람과 마음이 더 잘 맞고 대화가 더 잘 통하는 경우도 있다. 올드 프렌드가 항상 베스트 프렌드는 아니다.

생각해보면 나에게 단 한 명의 베스트 프렌드 자리는 대부분 당시 사귀던 여자친구의 몫이었다. 여자친구와 나의 관계는, 서로의 일상에 친절히 주석을 달아주고, 누구에게도 보여준 적 없던 마음 가장 깊은 곳까지 꺼내 보여주기도 했던 둘도 없는 단짝이었다. 그렇게 따지면, 한때 나의 베스트 프렌드였던 많은 사람들이 이제 모두 나를 떠난 셈이기도 하다. 애인과 이별 후에 흘린 눈물의 반 이상은 대화가 가장 잘 통하는 베스트 프렌드를 잃은 슬픔 때문이었을 것이다.

　우정에도 여러 단계가 있다. 서로를 설레게 하거나 반짝거리진 않지만, 그냥 그 자리에 늘 있어줄 것 같은 오랜 친구들과의 '묵은 우정'도 있고, 서로에 대한 호기심과 조심스러움이 남아 있고 다소 설레기도 하는 새 친구와의 '신선한 우정'도 있다. 나이가 들수록 친구를 사귀기 어렵다는 말은 나에겐 적용되지 않았으면 좋겠다. 친구는 평생 만드는 것이라는 말처럼, 올드 프렌드도 좋지만 뉴 프렌드도 계속 만들고 싶다. 뉴 프렌드가 결국엔 올드 프렌드까지 가는 인연이 될지, 아니면 그냥 바람처럼 스쳐 지나가는 인연이 될지는 세월이 말해주겠지.

도시 독립생활

4부. 히치하이커의 마음으로

소울메이트는 만나지 마세요

•

"소울메이트 같은 사람을 만나지 마세요."

순간 머리가 띵했다. 영화 <식스 센스>의 결말처럼, 내 인생이 뒤통수를 맞은 기분이었다. 그동안 내가 소울메이트라고 만났던 전 여자친구들이 주마등처럼 지나갔다. 심리상담사는 마치 그동안 네가 선택한 사람은 다 잘못된 선택이었어, 라고 말하는 듯했다. 상담사의 부연 설명은 이랬다.

"서로의 결핍을 귀신같이 알아보고 빨려들어가는 거죠. 그러다 같이 망하는 거예요. 소울메이트를 찾지 말고 안정적인 관계를 유지할 수 있는 무던한 사람을 만나세요."

그동안의 내 연애사가 발가벗겨진 느낌이었다. 부인할 수 없는 건, 어렸을 때 내 이상형은 뭔가 '그늘이 있는 여자'였다는 것이다. 밝고 무던한 성격보다는 뭔가 조용하고 속마음을 좀처럼 알 수 없는, 하지만 한번 마음을 열면 대화가 잘 통해서 '소통가즘'을 느끼게 하는 사람, 그러면서도 관계에 대한 확신보다는 의심과 회의로 속을 썩이게 하는 사람에게 본능적으로 끌렸다.

평범한 직장생활을 하고, 가정도 적당히 화목하고, 친구가 많은 사람을 만나고 싶다고 생각하다가도, 조금 무던한 상대를 만났을 때는 상황이 역전되었다. 상대가 확신을 원하면 나는 주저하는 사람이 되었다. 너무 가까워지는 게 덜컥 겁이 나서 멀어지려 하거나, 나만의 공간이 사라지는 게 두려워 상대방과 '적당한 거리 두기'를 늘 고민하는 사람이었다. 그러니, 나는 그동안 (나쁜 쪽으로) 나와 데칼코마니 같은 사람을 찾았던 건가.

부정확할 수밖에 없는 자체 심리분석을 통해, 유년 시절의 어떤 '결핍' 때문인가라는 생각도 해보게 되었다. 중년의 엄마와 아빠는 잘 지내다가도 툭하면 부부싸움을 했고, 집 안에 집기가 날아다니면 형과 나는 애간장을 태웠다. 그래서 나는 그 시절 갖게 된 어떤 '결핍'을 또 다른 '결핍'이 있는 애인에게서 채우려고 했던 건 아닐까.

물론 이런 분석은 별 의미가 없다는 걸 안다. 어설프게 심리 에세이를 읽고 현실을 지나치게 단순화, 도식화해버린 잘못된 결론일 수도 있다. 그래도 나는 내 불안 성향과 회피형 애착 유형은 어렸을 때 갖게 된 어떤 '결핍'에도 이유가 있다고 잠정적인 결론을 내렸다.

나의 '낭만주의적 애정관'도 영향을 끼쳤을 것이다. 누군가와 완벽한 하나가 될 수 있다는 환상은 한편으론 내 안에 남아 있는 '내면 아이'가 원했던 것 같기도 하다. 완벽한 짝을 만나면 말하지 않아도 내 마음을 알아서 이해해줄 거라는 마술적 믿음, 갈등 상황을 회피하고 상처받을까 두려워 쿨한 척하며 연애를 그르쳤던 미성숙한 관계 맺기 방식 등으로 관계를 그르쳤던 건 아닐까.

지난 연애의 너무 어두웠던 일면만 얘기한 것 같지만, 나는 또한 그 관계를 통해서 고맙게도 내가 준 것보다 더 많은 애정을 받았고, 성숙해졌다(고 믿는다). 또한 내 잘못된 생각과 관점을 교정해준 다양한 책들 덕분에, 이제는 쇼펜하우어처럼 '사랑은 없다'라고 외치는 회의주의자는 아니다. 회피형 애착 유형이라는 걸 인식하면서부터 내가 순간순간 잘못된 인식을 갖지 않는지 실시간 모니터링을 작동시키려고 한다. 그리고 사랑은 매일매일 내가 내리는 선택의 결과라는 것을, 지속 가능한 사랑은 식지 않을 수 있다는 걸 안다.

그래서 나는 바뀌고 있는 걸까. 아마, 쉽게 바뀌진 않을 것이다. 이론과 실천은 다른 문제다. 어린 시절 형성된 성격과 관계 맺기에 평생 영향을 받는 게 인간 아닌가. 지금도 내 안에선 과거의 나와 현재의 내가 싸우는 중이다. 너무 익숙했던 회피형 연애 패턴으로 자꾸 돌아가려는 어린아이와, 그걸 교정하고 앞으로 나아가려는 어른이 아직도 싸우고 있다.

히치하이커의 마음으로

더 이상 "자니?"라고 문자를 보내지 않는 이유

•

어느 정도 시간이 지나고 나서야 이해가 되는 순간이 있다.

오래전 그날, 휴대폰 너머로 들려오던 여자친구의 목소리는
분명 낯설게 들렸다. 나도 모르게 누군가 높게 튜닝해 놓은
기타처럼, 여자친구는 평소와는 다른 하이톤의 소리를 냈다.
분명 뭔가 들떠 있는데 그게 뭔지는 나와 공유하지 않을 거라
는 느낌과 함께, 무언가 미세하게 어긋나고 있는 것 같다는 예
감이 들었다.

결국 얼마 안 돼 헤어진 후에야 알았다. 애정이 변하면 목소
리 톤이 가장 먼저 변한다는 것을.

헤어진 후 염탐한 여친의 SNS 계정에서 곧바로 새 남자친구

도시 독립생활

가 생겼다는 걸 알게 됐다. 그날 유독 낯설게 들렸던 하이톤의 목소리는 사실, 새로운 사랑에 대한 설렘이 묻어 나왔던 것이 아니었을까.

언뜻언뜻 보이는 짜증스럽고 권태로운 표정, 이전에 들어보지 못한, 들떠 있거나 차갑거나 하는 낯선 말투. 이별이 공식화되기 전에도 이미 징조는 나타나고 있었다. 애인이 애인 아닌 다른 무언가로 변해가는 걸 지켜보는 건 너무 낯설고 괴로운 일이었다. 그걸 하나하나 깨달을 때마다 심장은 쿵 내려앉고 머릿속은 하얘졌지만, 나의 대처 방안도 딱히 바람직하진 않았다.

나는 더 방어적으로, 혹시 좋아하는 다른 사람이 생겼거나 애정이 식었으면 말해달라고 했다. 그렇다면 쿨하게 헤어져주겠다는 말을 덧붙였다. 앞으로 더 잘하겠다고 싹싹 빌거나, 관계에 대한 새로운 청사진을 들이밀어도 모자랄 판에, 그런 식으로 대응했으니 여자친구 입장에서도 정이 더 떨어졌을 것이다.

히치하이커의 마음으로

반대로 내가 애정이 식었을 때는? 첫 번째 여자친구한테는 헤어지자고 했다가, 갑자기 후회가 밀려와 미안하다고 다시 잘해보자고 했다가, 그러고는 또다시 화해한 걸 금방 후회하기도 했다. 아무리 생각해도 첫사랑은 지나고 보면 아름다웠다, 라고 하기보다는 상대에게 가장 찌질하게 굴었던 사랑이었던 것 같다.

또 다른 연애에서는 당시 여자친구에게 도저히 헤어지자는 말을 먼저 할 수 없어서, 점점 소홀하게 대해서 기어코 여자친구의 입에서 "헤어지자." 하는 말이 나오게 한 적도 있었다. 비겁했다. 내 경험으로만 봐도, 연인 관계에서 표면적으로 먼저 헤어지자고 했다고 해서, 아니면 다른 사람이 생겼다고 해서, 그가 그 관계를 파탄 낸 귀책 사유자라고 단순하게 말할 수는 없다. 헤어질 수밖에 없는 이유를 상대방이 제공했을 수도 있기 때문이다. 많은 남자들이 <500일의 썸머>를 보고 여자 주인공인 썸머를 욕하지만, 썸머의 입에서 헤어지자는 말이 나오게 만든 것은 남자 주인공인 톰일 수도 있는 것이다.

"너는 내가 아니어도 잘 지낼 것 같아."

도시 독립생활

예전 여자친구가 떠날 때 나에게 했던 말이다. 또 다른 여자친구는 네가 정말 부자였으면 떠나지 않았을지도 모른다고 하면서 떠나기도 했다. 과연 어디까지가 진심인지는 모르겠다. 이별 통보를 받을 때마다, 나는 헤어질 관계는 어차피 헤어지는 거라고 운명론적으로 생각하곤 했지만, 어쩌면 전부 내가 내린 선택의 결과라는 생각이 들기도 한다.

언젠가 여자친구와 헤어지고 우울한 하루를 보내던 시절, 나를 상담하던 의사 선생님은 나에게 이별을 분노가 아닌 슬픔으로 승화시키는 '탁월한 능력'이 있다고 했다. 당시에는 그게 칭찬처럼 들렸는데, 어쩌면 그게 더 문제였는지도 모르겠다. 나는 그저 쿨한 척 체념을 잘했을 뿐, 사랑이 흔들릴 때 붙들 수 있는 능력은 없었던 것이다. 혼자 끝까지 쿨한 척 내 자존심인지 뭔지 모를 마음을 냉장실에 보관해둔 건지도 모른다. 그렇게 신선함을 유지한 척해봤자 뒤늦게 꺼내보면 미련이 남아 있을 뿐이었다. 죽자 살자 매달려도 보고, 피, 땀, 눈물, 콧물 다 흘리면서 끝까지 지지고 볶고 해봤어야 했다. 지지고 볶다 다 태우면? 다 태워버렸으니 미련도 같이 타버렸을 것이다.

히치하이커의 마음으로

어느 정도 시간이 지나고 나면, 헤어질 때 질척거렸는지 아니면 서로의 행복을 빌어주는 '아름다운 이별'을 했는지는 그리 중요하지 않아졌다. 이별의 과정이 어쨌건 결국 가장 반짝였던 연애의 순간은 추억으로 남았다. 나의 어떤 시절을 함께 통과해준 그 사람들을 지금이라도 혹시나 마주친다면, <라라랜드> 속 마지막 장면의 두 주인공처럼 슬쩍 미소를 지어줄 수도 있겠지. 아무리 강렬한 슬픔이나 그리움의 감정도 시간 앞에서는 누그러질 수밖에 없으니, 이제는 아무도 그리운 사람이 없게 되었다. 추억은 추억으로 남았지만, 밤에 생각나서 잠 못 이루거나 "자니?"라고 문자를 보내고 싶은 사람은 없다는 뜻이다.

어찌 됐건 나에게는 나를 통과해버린 사람들과 시간의 흔적이 고스란히 남아 있다. 그런데 이제 아무도 그리운 사람은 없다는 것은 내가 한 시절을 미련 없이 잘 통과했다는 것일까. 부디 그런 것이었으면 좋겠다.

연애를 굴러가게 하는 것

•

연애는 전기 신호로 시작한다. 처음 연애 상대를 발견했을 때 속에서 '찌릿' 하고 신호가 와야 연애의 시동이 걸린다. 처음에 상대에게 호감을 느낄 때 뇌의 미상핵이라는 부위에 도파민이 분비된다는 것을 이제 우리는 알고 있다. 단순히 화학 작용이나 전기 신호로 환원하는 건 인간과 인간 사이의 가장 복잡미묘한 상호작용인 사랑에 대한 설명으론 마음에 들지 않을 수 있다. 그래서 잔잔한 마음에 일어나는 작은 파동, 혹은 마음에 날아든 나비의 날갯짓, 메말라 있던 사막에 내리는 단비 같은 것으로 표현하기도 한다. 그렇게 내면에서 무언가가 일어나고 우리의 머릿속에선 어느덧 자꾸 그 사람을 떠올리게 된다.

일상의 동선에서 연애의 시동이 걸리는 사람을 만나는 일 자체가 자주 일어나지 않기에, 삶의 동선을 최대한 다양하게 하는 게 좋다. 문제는 그런 상대를 만나도 상대가 나에게 관심이 없다면 헛일이라는 점이다. 고백하는 사람과 고백을 받고 응답하는 사람 사이의 시간 차는 있지만, 연애의 시동은 결국 쌍방향에서 동시에 걸려야 한다.

본격적인 연애를 시작하기 위한 단계는 아직 남아 있다. 일단 대화, '티키타카'가 잘돼야 한다. 대화를 한 지 얼마 되지 않아 서로 말이 겉돌고, 도통 대화의 접점을 찾지 못하면 어렵게 걸었던 시동이 금방 꺼질 수도 있다. 상대방의 외모와 직업에 호감이 생겨 만났는데, 만난 지 두 번 만에 똑같은 얘기를 반복해서 마음이 차게 식었다고 한 지인도 있었다. 대화할 때 생겨나는 구심력이 연애를 지속시키는 엔진이라고 할까. 한때 연애에서 가장 중요한 건 대화의 농도라고 생각하기도 했다. 대화를 하면서 서로 '소통가즘'을 느끼게 하는 상대라면, 쉽게 떠날 수 없다고 생각한 적도 있었다. 그 생각이 항상 옳은 것은 아니라는 걸 이별로 몸소 증명할 때까지는.

호감 있는 상대가 알고 봤더니 나와 좋아하는 영화가 같다거나, 즐겨 듣는 노래나 뮤지션이 서로 겹친다고 해서 그 사람이 마치 내가 기다렸던 소울메이트인 양 들뜨기엔 아직 이르다. 같은 영화, 같은 음악이라도 우린 서로 다른 것을 보고, 다른 것을 들으니까. 취향이 같다고 세상을 이해하고 해석하는 방식까지 같진 않으니까. 그러니까 서로의 취향이 관계의 본질을 결정하진 않는다.

같이 있을 때 편안함을 느낄 수 있는지가 연애의 최종 주행 거리를 결정하는 데 중요한 요소일 수 있다. 승차감이 좋은 차를 타야 피로감을 덜 느껴 오래갈 수 있을 테니까. 매번 '늘 반짝반짝하는 것을 준비해서 꺼내봐, 안 그러면 난 지루해질 거야.'라는 신호를 보내는 사람은 상대방을 빨리 지치게 할 확률이 높다. 관계 유지에 필요한 최소한의 긴장감과 편안함 사이에서 균형을 잡는 것은 항상 어렵다.

연애의 '본체'는 기왕이면 승차감이 좋고 튼튼한 게 좋다. 연애의 여정에서 잠재적인 위험 요소를 수없이 마주하기 때문이다. 새로운 사람이 둘 사이에 끼어들어 주행을 방해할 수도 있다. 그러다 본의 아니게, 혹은 고의로 교통사고가 날 수도 있다. 가벼운 접촉 사고면 수리로 해결할 수 있지만, 무방비 상태의 정면 충돌에 연애의 본체가 휴짓조각처럼 구겨져버릴 수도 있다. 분별 있는 운전자라면 평소에 안전벨트를 단단히 매고 방어운전을 해 피해를 최소화하고 넘어갈 수도 있다. 오래 주행을 하다 보면 지루해서 흘끔흘끔 옆에 지나가는 사람을 곁눈질하기도 하는데, 그래서 누군가를 사랑한다는 건 '다른 사람을 사랑하지 않으려는 노력'도 포함된다는 말도 있다.

사랑은 매일매일 내가 내리는 선택의 문제라는 말이 있다. 관계를 유지하기 위해 가장 우선인 원칙은 시련이나 갈등이 생겨도 서로를 쉽게 포기하지 않는 것이다. 결혼 생활을 유지하는 가장 중요한 방법은 이혼하지 않는 것이라는 말이 결코 허언은 아니다.

사랑의 삼각형 이론에선 사랑을 구성하는 요소를 '열정, 친밀감, 의무'로 설명한다. 오래된 커플이나 부부는 친밀감과 의무가 강하게 조성되어 있다. 하지만 우리는 연애가 안정과 성실함, 의무만으로 남게 되는 것도 원하지 않는다. '감수성파'는 사랑은 다만 순간에서 순간으로 존재할 뿐이며, 상대방을 소유하려 하거나 붙잡아두려고 하지 않고 늘 깨어 있어야 지속될 수 있다고 말한다. 그들은 '사랑은 두 사람이 늘 다시 새롭게 만날 수 있을 때만 영원히 지속된다.'라고 말한다(책 <사랑하기 전에, 사랑한 후에>에서 인용). 감수성파의 기준이 까다롭다고 볼 수 있지만, 확실한 건 상대를 다 안다고 착각하는 순간부터, 사랑의 위기가 찾아온다는 것.

장거리 주행에도 연애 감정이 방전되지 않게 하는 것은 무엇일까. 고정돼 보이는 둘의 관계 속에서 무언가가 움직이고 지속적으로 변해야 한다는 것이다. 서로가 서로에게 속하되, 무언가가 계속 변하고 움직이고 있다면 끊임없는 '자가 발전'이 이뤄질 수 있다. 상대와의 강하고 친밀한 애착이 형성된 상태에서도 서로에게서 끊임없이 새로운 발견을 해나가는 것이다.

한 사람과의 연애 주행거리가 길어질수록 추억이 쌓이고 연민이 쌓인다. (물론 상대방에 대한 오해와 증오가 더 쌓일 수도 있다.) 인간적 유대와 친밀감이 누구보다 깊어져서 수십 년을 함께하다 보면 어느 한쪽이 먼저 죽을 때까지 옆자리에 앉아 지켜봐줄 수도 있을 것이다.

히치하이커의 마음으로

톱니바퀴처럼 서로가 서로에게 맞물리면서도 맞물리는 부분이 계속 바뀌고 새롭게 변하는 관계. 결론, 사랑은 움직이는 것이고, 매일매일 서로를 새롭게 발견하는 것이다.

2014

•

만약 내가 2014년으로 돌아갈 수 있다면, 이라는 공상을 종종 하고는 했다. 그해 4월 세월호 참사가 있었고, 10월엔 내가 가장 좋아했던 가수가 허망하게 세상을 떠났기 때문이었다. 나는 마치 과거로 갈 준비를 하는 타임슬립 영화의 주인공처럼, 2014년으로 돌아간다면 어떤 방법으로 그 비극들을 막을지, 어떤 장애물들이 예상되고 어떻게 극복해야 할지 머릿속으로 시나리오를 써보곤 했다.

세월호 참사 당시, 실시간으로 뉴스를 보던 나는 텔레비전 화면에 뜬 사망자 명단에서 낯익은 이름을 발견했다. 설마 하는 마음으로 그 이름을 검색해보았고, 인터넷에 올라온 기사들과 사진을 보고 사망자 명단에 있던 교사가 나와 같은 과 동기라는 걸 알게 되었다.

학교를 갓 입학했던 신입생 오리엔테이션 때 그를 처음 만났었다. 우연히 내 앞자리에 있었던 그 친구와 짧은 대화를 나누었다. 당시 나는 그가 하고 있던 귀걸이가 인상적이라고 생각했다. 대학 시절 그와 자주 어울리거나 하진 않았다. 제대 후 복학해서 그 친구와 군 생활에 대한 얘기를 잠깐 나누었던 것이 그와의 마지막 대화였다. 대학 동기 몇 명과 빈소에 찾아갔다. 빈소에는 그의 부모님이 계셨다. 단원고에서 담임을 맡고 있던 동기는 학생들을 먼저 챙기고 나중에 배를 나오려다 끝내 탈출하지 못했다고 했다. 그리고 얼마 후, 대학 시절 강의를 듣던 문과대 건물에 그의 이름을 딴 강의실이 생겼다.

세월호 참사가 벌어진 지 몇 달 후, 오랜 세월 좋아하던 가수가 의료사고로 세상을 떠났다. 그가 심정지 상태로 병원에 쓰러져 있던 며칠 동안, 나는 '당신의 목소리와 음악을 더 오래오래 듣고 싶으니 제발 일어나라.'고 며칠 동안 속으로 빌고 또 빌었다. 하지만 그는 끝내 눈을 감고 말았다.

10대 시절부터 그가 만든 노래를 듣고, 20대 때는 그가 진행하던 라디오 프로그램을 들으면서 킥킥대곤 했었다. 그 사람은 앞으로도 쭉 나와 같이 나이 들며 인생을 얘기하고 위로의 말들과 음악을 들려줄 줄 알았다.

그가 죽고 한동안, 그의 곡들, 그가 진행하던 방송의 오디오 파일을 반복해서 듣고 다녔다. 몇 년간은 그의 기일마다 추모 모임에도 참석했다. 연말이 되어 좋아하는 뮤지션의 콘서트에 찾아갈 수 있는 사람들이 이젠 부러움의 대상이 되었다. 이제 나는 연말에 꼭 챙겨야 할 콘서트가 없게 되었다.

2014년으로 돌아갈 수 있다면, 한 달 정도 여유가 있는 3월 초쯤으로 돌아가는 게 좋을 것이다. 아마 세월호 참사 관련 자료를 잔뜩 챙긴 채로, 인천항 근처에 숙소를 마련해야 할 것이다. 세월호가 어떤 스케줄로 운행이 되고 있는지 관찰한 뒤, 한 달 동안 어떤 방법으로든 그날 세월호가 출항하는 것을 막아야 할 것이다. 대학 동기를 만나서 내가 미래에서 왔다는 걸 설득시키고 도움을 얻어야 할지도 모른다. 어쩌면 문제가 쉽게 풀릴 수도 있고, 일이 꼬여서 그날 세월호가 출항하는 것을 막을 수 없을지도 모른다. 그렇다면 그날 출항하는 배에 같이 타서라도 참사가 벌어지는 걸 막아야 할 것이다.

히치하이커의 마음으로

세월호 참사를 막는다면, 다음엔 그해 10월에 있었던 의료사고를 막는 것이 나의 두 번째 미션이다. 사건 날짜와 경위는 뉴스로 잘 알고 있으니, 그를 미리 찾아가야 할 것이다. 그를 만나지 못한다면 병원 앞에 서 있다가 의료사고가 일어난 병원에 가지 못하게 하는 방법도 생각해봤다. 담당 의사에게 강력한 경고를 해야 할 수도 있다. 이런 부질없는 시나리오를 틈틈이 쓰던 와중에, 충격적인 소식이 현실의 내게 전해졌다.

그가 세상을 떠난 지 몇 년 후, 누군가가 그를 미투 가해자로 지목했다. 폭로자는 고등학생 시절 그에게 성추행을 당했다고 폭로했다. 처음엔 믿을 수 없었지만, 그 폭로자는 엄연히 몇 년째 자신의 계정을 운영하고 있는 사람이었다. 더구나 나는 평소에 미투 폭로자를 의심하는 사람들을 욕하지 않았던가. 말 그대로 '멘붕'에 빠졌다. 그리고 내 안에서 '내가 알던 그'가 죽었다.

그 사람을 그리워했던 몇 년이 갑자기 허망해졌고, 다시는 예전 같은 마음으로 추억할 수 없게 되었다. 즐겨 듣던 그의 음악도 결코 예전처럼 들리지 않게 되었다. 그와 함께 보냈던 나의 세월도 부정당한 느낌이었다. 10월 말이 되면 여전히 추모 모임을 알리는 문자가 왔지만 아무런 답장도 보낼 수 없었다.

2014년으로 돌아간다면 그를 살려낼 것이다. 해명이든 변명 이든 뭐라도 듣고 싶기 때문이다. 팬들에게 자신이 혹시나 잘 못된 길로 가거나 썩어가고 있다면 자신을 욕해달라던 사람이 었기에, 그가 자신의 죄를 인정한다면 실컷 욕을 퍼부을 것이 다. 어쩌면, 특유의 달변으로 그건 오해라고, 납득할 만한 이 유를 들려줄지도 모른다. 그래서 내 상상 속 시나리오의 마지 막 장면은 언제나 그를 살려낸 후, 그가 그 일에 대해서 입을 여는 순간이었다.

세상 사람들은 여전히 2014년의 그 비극들을 추모한다. 4월 16일이 되면 전국 각지에서 세월호 추모 행사가 열린다. 시간 이 흘러 무심해졌던 나도, 그날이 되면 세월호에 타고 있다가 희생된 모든 이들, 그리고 나의 동기를 잊지 않겠다던 2014년 의 다짐을 되새기곤 한다. 하지만 2014년에 나를 뒤흔들었던 또 다른 비극에 대해선 나는 예전과 같은 태도를 취할 수 없다. 아직 그 사람을 그리워하는 많은 팬들이 있고, 어딘가에는 그를 기념하는 거리가 생기기도 했다. 하지만 나는 이제 그런 추모의 분위기에 동참할 수도, 그렇다고 완전히 그를 기억에서 지울 수도 없다. 그가 어떤 사람인지 어쩌면 명확한 결론을 내릴 수 없다는 것이 여전히 내 머릿속을 어지럽힌다. 2014년은 그래서 아프고, 한편으론 너무도 부조리한 해로 남아버린 것이다.

도시 독립생활

천국으로 가는 계단에서 미끌,

•

"저는… 동성애는 이해가 안 되던데요."

대학교에 갓 입학한 신입생 시절, 과 내 학술부 토론회에서 내가 저 발언을 하자 '그건 옳지 않아 표정'을 짓던 여자 동기의 얼굴이 아직 또렷하게 기억난다. 그리고 안타깝다는 듯 나를 보며 "네가 지금 옳다고 믿고 있는 게 세상의 전부라고 생각하지 마."라고 했던 한 학번 위 선배의 말도. 그때 나는 속으로 되받아쳤다. '당신이야말로 세상을 다 안다고 생각하지 마.'

지금은 성소수자에 대한 차별과 혐오에 단호하게 반대하지만, 그때는 달랐다. 어릴 때부터 보수적인 교회에서 '말씀의 세례'를 받고 자랐으니, 스무 살 무렵까지 나는 '쾌락=죄악', '동성애=죄악'이며, 혼전순결을 지켜야 한다고 생각했던 크리스천이었다.

히치하이커의 마음으로

젊었을 때 갑자기 교회에 다녀야겠다고 마음먹은 아빠 때문에, 우리 집은 기독교 집안이 되었다. 아빠는 위생병으로 월남전에 참전했을 때 성경책을 읽었다고 했던 것 같다. 젊은 시절, 잠자고 있을 때가 가장 편하니까 결국 영원한 잠과 같은 죽음이 가장 편한 게 아닐까 싶어 죽음을 생각한 적도 있었다는 아빠는, 내가 어렸을 때 기억으론 침대 맡에 있는 라디오의 주파수를 기독교 방송에 맞춰 놓았었다. (지금은 스마트폰으로 유튜브를 보신다.) 그리고 자기 전엔 어딘가에 불을 켜놓곤 했다. 지금 생각해보면 아빠는 죽음에 대한 공포가 큰 사람인 것 같기도 하다.

나의 신앙이 말 그대로 활활 불타올랐던 건 주일학교를 다니던 시절이었다.

'사막에 샘이 넘쳐흐르리라.
사막에 꽃이 피어 향내 내리라.
주님이 다스릴 그 나라가 되면은 사막이 꽃동산 되리.'
복음성가를 부르며 나는 신에 대한 감동과 사랑으로 전율하곤 했다. 그 시절의 나는 진정 지금 당장 죽어도 좋다고 생각했다. 당시에 종교전쟁이라도 벌어졌다면, 아마 폭탄을 들고 자살 테러라도 감행했을 것이다. 부모님이 십일조를 계속 내느냐 마느냐로 티격태격할 때면 나는 어떻게 십일조를 안 낼 생각을 하느냐고 부모님을 나무랐다. 하지만 열렬한 기독교 소년이었던 나도 결코 이겨낼 수 없었던 게 하나 있었다. 그건 한없이 끓어오르던 성욕이었다. 자위행위는 곧 죄라고 세뇌당했던 나는, 자위가 끝날 때마다 매번 극도의 자기혐오와 죄책감에 휩싸이곤 했다. 그래서 그땐 '현자 타임'이 아니라 '길티 타임'이 찾아왔다. 당시 내게 자위행위가 자연스러운 일이라고 말해주는 어른은 아무도 없었다. 초등학생일 때 아빠가 나에게 들려줬던 '고추 소년' 이야기는 치명적이었다. 예전에 아빠가 살던 동네에 한 소년이 있었는데 그 소년이 갑자기 죽었다고 했다. 그런데 그 소년이 죽으면서 했던 말이, "저는 고추를 자주 만진 것밖에 없어요."라는 것이었다. 그렇게 아빠가 지어낸 '고추 소년' 이야기 이후, 나는 죄책감에 더해 죽음까지 무릅쓰고 열심히 자위를 했다.

고등학생이 되고 머리가 점점 커지면서 나의 믿음엔 조금씩 균열이 가기 시작했다. 세상이 '신의 섭리'로 돌아가지 않는다는 자각이 나의 의식을 뚫고 들어왔다. 당시 읽었던 <카라마조프가의 형제들>, <사람의 아들> 같은 책도 영향을 끼쳤다. 세상의 고통과 재난과 불행은 왜 선악 구분 없이 찾아오는지, 신이 정말 우주를 주관한다면 왜 중동 지역의 특정 민족에게만 독생자를 보내주셨는지, 왜 하나님의 말씀인 성서는 몇천 년 동안 업데이트되지 않는지, 이해가 안 되는 것투성이였다. '원수를 사랑하라.'고 할 만큼 자애로운 신이라면, 어떤 사람이 자신을 믿지 않았다고 해서 지옥불에 떨어지게 할 리 없다고 생각했다.

믿음의 관뚜껑에 마지막 못을 박은 것은 버트런드 러셀의 책 <나는 왜 기독교인이 아닌가>였다. 나는 기독교에 대한 일종의 '사망 선고' 같은 그 책의 논리에 설득당했다. 기독교라는 '매트릭스'에서 빠져나올 빨간 약을 꿀꺽 삼켜버린 셈이었고, 결코 예전으로 돌아갈 수 없게 되었다. 처음으로 신이 없을 수도 있다고, 아니 신 같은 건 없다고 믿어버리게 된 그날 밤, 가슴이 쿵쾅거리기 시작했다. 신과 내통하고 있다고 믿고 살았던 내게 엄청난 고립감과 함께 두려움이 밀려왔다. '종교'를 끊기로 다짐하니 가슴이 두근두근하고 잠이 오지 않고 세상이 허

무해지는 등 온갖 금단현상이 일어났다. 술, 담배보다 중독성이 강한 게 종교 아닌가 생각이 든다.

20대 초반까지 금단현상이 지속되었다. 입대 후엔 부대 내 교회에서 예배 중 꾸벅 졸다가 가끔 이유 없이 소스라쳐 깨곤 했는데, 그때 죽음의 공포를 가장 강렬하게 느꼈다. 군대라는 장소가 바깥보다 죽음을 더 가까이 느끼는 곳이라 그랬을까.

나는 믿음을 잃은 후에도 교회 안의 인간관계와 관성 때문에 교회를 몇 년 더 다녔다. 하지만 찬송가가 교회의 벽을 때리고 돌아오는 공허한 메아리로 들리고, 더는 목사의 설교를 참을 수 없게 된 20대 중반의 어느 일요일, 나는 이제 교회에 나가지 않겠다고 가족들에게 선언했다. 한바탕 난리가 났다. 그리고 다시 교회에 나오라는 부모님과 형의 채근과 독촉이 한동안 이어졌다. 형이 나를 설득시키려 교회 전도사를 집에 데려오기도 했다. 하지만 이미 결론은 뻔하다는 걸 알고 있었다. 내가 논리적으로 반박을 하면, 저쪽에선 '인간적인 생각'으론 신의 뜻을 다 이해할 수 없다고 말했다. 당신도 인간인데 당신의 생각은 '인간적인 생각'이 아닌지 묻고 싶었지만, 그냥 속으로

만 생각했다.

　종교에 순기능이 있다는 것을 안다. 특히 우리나라에서 기독교는 근대화에 지대한 영향을 끼쳤고, 민주화운동과 더불어 다양한 분야의 교육 및 봉사 등을 통해 많은 역할을 해왔다. 또한 공동체를 결속시키고 많은 사람들에게 삶을 살아갈 용기와 위안을 주었다. 우리나라 교회가 빠르게 신도를 불릴 수 있었던 이유는 생각해보면 간단하다. 교회는 처음 교회에 오는 사람도 '형제님' '자매님'이라고 부르며 환영해준다. 동호회처럼 서로 취향이나 기호가 맞아야 한다거나 하는 별다른 조건 없이, 예배에 참석만 잘해도 융화될 수 있다. 전통적인 공동체가 무너진 상황에서 교회만큼 쉽게 친구를 사귀고 어울리기 좋은 곳이 없다. 하나의 초월자를 향해 뜨겁게 기도하고 찬양할 때면 서로 깊은 동질감과 유대감을 느낄 수도 있다. 월드컵 응원 때도 느꼈지만, 집단이나 자기보다 큰 존재에게 투신하는 '몰아의 상태'에 빠졌을 때 극도의 행복감이 찾아온다. 그러니 현세에서는 복을 누리고, 죽어선 천국행 티켓을 획득하는 게 당연한 걸로 프로그래밍된 기독교인에겐 기독교나 교회에 대한 비판은 절대 용납할 수 없다. 이성적 사고가 조금이라도 개입

하게 되면, 자신의 기독교적 세계관이 허물어질지도 모른다는 무의식적인 두려움이 있기 때문이다.

교회를 다니지 않게 된 초반에 나는 가족에게 내가 세상을 이해하고 느끼는 대로 내린 결정이고, 이게 바로 내가 세상을 살아가는 정직한 태도라고 설득하려 했다. "그래도 하나님은 믿지?"라고 물어오면 적당히 얼버무린다. 차마 가족에게 나는 이제 무신론자라고는 말하지 못했다. 그러면 가족들이 슬퍼할 것 같았다. 가족들은 나를 아직 교회를 출석하지 않을 뿐 하나님은 믿는 비교회주의 신자라고 생각하고 있다. 지금도 가끔 가족끼리 모여 식사를 할 때 내가 다시 교회에 돌아올 수 있도록 해달라고 기도하는 걸 보면 마음 한켠이 아릿해진다.

교회를 떠나니 세상 돌아가는 게 더 잘 이해되긴 하는데 그렇다고 더 행복해지진 않았다. 교회라는 공동체에서 떨어져 나오면서 나는, 든든한 신이 지켜주고 있다는 안락함, 사랑하는 사람들과 영원히 행복하게 살 수 있는 천국과 결별했다. 죽음에 대해 의연했던 무신론자들에게서 위안을 얻을 수 있을까. 마크 트웨인은 "나는 죽음이 두렵지 않다. 나는 태어나기 전 영겁에 걸친 세월을 죽은 채로 있었고, 그 사실은 내게 일말의 고통도 준 적이 없었기 때문이었다."라고 말했다. 이제 천국은 사라졌을지도 모르지만, 고통받는 지옥을 두려워할 필요도 없는 것이다.

천국에도 TV가 있고, 가요나 팝송을 부를 수 있을까? 재밌는 영화도 볼 수 있을까? 천국의 모습을 상상해보는 게 취미였던 초등학생 시절, 그때도 가끔은 천국이라는 개념이 이상하게 느껴지곤 했다. 무엇보다 평화롭지만 지루한 하루가 영원히 계속된다는 게 낯설게 느껴졌다. 끝이 없는 영원이라는 게 무엇인지 상상해보았는데, 당시 나의 생각으론 이해할 수 없는 개념이었다. 특히 하루에 대한 질감이 지금과는 달리 더 길게 느껴졌을 때였기에 더더욱 그러했을 것이다. 어쩜 나는 끝이 있는 게 자연스럽다는 것을 그때도 어렴풋이 알았는지도 모르겠다.

물론 사후에 천국이 있다면 꼭 가보고 싶다. 그곳이 적당히 세속적이고, 서로 실수를 저질러도 너그럽고, 모두에게 견딜 만한 고통만 주어지고, 내가 좋아하는 사람들로 둘러싸여 있고, 그리고 영원히 사는 것이 필수가 아니라 선택이 될 수 있는

'굿 플레이스'라면.

히치하이커의 마음으로

여행이 싫어서

•

거센 눈발은 멈출 생각이 없었다. 10여 년 만에 가기로 한 해외여행인데, 날씨가 심상치 않았다. 새벽같이 일어난 나는 여행용 캐리어를 끌고 집 앞 공항버스 정류장으로 향했다. 이미 거리는 하얀 눈으로 뒤덮여 있었다. 오전 10시 40분 비행기니까, 집 앞에서 7시쯤 공항버스를 타면 여유 있게 도착할 거란 생각은 '판단 미스'였다. 밤새 내린 눈 때문에 공항으로 가는 경기도 외곽 순환 도로가 빙판길이 되어 있었던 것. 순탄치 않은 여행이 이제 막 시작되고 있었다.

내가 탄 공항버스가 수락산 터미널에 도착하자마자, 나를 기다리고 있던 여행 동행인이 버스에 올라타더니, 나에게 버스에서 내리라고 했다. 공항버스 터미널 직원의 제보에 따르면 한 시간 전에 출발한 버스도 도로 상황 때문에 앞으로 두 시간이 걸려도 공항에 도착할 수 없을 거란다. 이 경로로 가면 출국 수속 마감 시간인 9시 40분까지 가는 건 불가능할 거라고 했다. 나는 그래도 모르니 버스를 타고 가보자는 쪽이었지만(순전히 버스에서 내리기 싫은 귀차니즘 때문이었다), 여행 동행인은 과감히 지하철을 타고 가자고 했다. 나는 버스에서 내렸다.

우리는 세 개의 캐리어를 끌고 4호선 노원역에서 지하철을 탔다. 시간이 촉박했다. 설상가상, 출근 시간이 다가오며 지하철 안은 사람들로 붐비기 시작했다.

집을 나오자마자 불확실성이 나를 덮치기 시작하는구나. 평소에 하지 않은 일을 하면, 가지 않은 길을 가면 이렇게 되는 거야. 하지만 이럴 거 알면서, 그래서 오히려 여행을 가려고 했던 거잖아.

지하철로 이동하면서 실시간으로 도착 예상 시간을 체크했다. 4호선을 타고 쭉 가다가 서울역에서 공항철도로 다시 갈아타는 루트로는 9시 40분 전에 도착하진 못하겠다. 또다시 결

히치하이커의 마음으로

단을 내려야 할 순간이 왔다.

우리는 숙대입구역에서 내려 택시를 잡아타고 가기로 했다. 숙대입구역에서 내린 후 카카오택시를 불렀고, 7분 만에 택시를 잡을 수 있었다. 우리가 조급한 기색을 보이자, 택시기사님은 제시간에 충분히 갈 수 있다고 우리를 다독여주었다.

"걱정 마요. 한두 번 다녀본 길도 아니고, 충분히 갈 수 있어요."

택시 과속이 반갑긴 오랜만이었다. 와중에 기적이 일어났다. 네이버 지도로 실시간으로 도착 예정 시간을 확인하던 나는 '눈 오는데 비행기 연착이라도 되면 좋겠다'라고 무심코 말했는데, 그러자마자 정말로 항공편이 지연됐다는 메시지가 도착했다. 나와 동행인은 택시 안에서 환호성을 외쳤다. 앞으로 어떤 시련이 우리를 기다리고 있는지 모른 채.

부랴부랴 택시에서 내려 공항에 도착한 우리는 빠르게 수속을 마치고 출국장에 들어갔고, 비행이 한 시간 지연된 덕에 그날 처음으로 한숨 돌릴 수 있었다. 런던행 비행기에 탑승해 지정석에 앉은 후, 동행인과 나는 오늘 아침에 일어난 모험담에 대해 수다를 떨었다.

이야깃거리 하나 생겼네. 이제 비행기에서 영화 몇 편 보고 한숨 자면 런던에 도착할 수 있겠지.

그런데 눈발이 멈출 기미가 보이지 않았다. 비행기 출발이 계속 지연되고 있다는 방송이 여러 차례 나왔다. 두 시간이 넘도록 우리는 비행기 안에서 대기해야 했다. 간간이 비행이 지연되었다는 방송이 나왔고, 대기 시간은 더 길어지고 있었다. 활주로로도 가보지 못한 비행기 안에서 우린 몇 시간째 갇혀 있는 신세가 됐다.

아침에 캐리어를 끌고 나온 순간부터 그때까지 한시도 마음이 편한 적이 없었다. 나는 그동안 여행을 잘 가지 않았던 이유, 그럼에도 이번엔 여행을 가야겠다고 마음먹었던 이유에 대해 떠올렸다. 사실 이게 바로 내가 예상했던 일이었다. 나는 다시금 집을 나와 낯선 곳으로 떠나는 순간 예상치 못한 사건은 들이닥칠 거고, 그렇게 인생이 마음대로 되지 않는다는 걸 깨닫게 해주는 게 여행의 본질이라고 생각하자고 마음먹었다. 그러니 이 상황이 즐거워졌다.

히치하이커의 마음으로

그러나. 비행편이 취소됐다는 방송이 뜨자 상황은 새로운 국면에 접어들었다. 네 시간 넘게 비행기 안에서 대기하다 보니 날이 어둑어둑해졌다. 미안해하는 승무원들을 뒤로하고 우리는 비행기에서 다시 내렸다. 뉴스를 보니 이번 눈은 117년 만에 찾아온 11월 최대 폭설이라고 했다. 117년 만의 최대 폭설답게, 지연되거나 취소된 항공편이 속출했고, 공항 카운터 대기줄은 떠나지 못한 승객들로 가득했다.

"여기서 하루 늦게 출발하면 의미 없는 거야. 조금 늦게 멀리 경유해서 가더라도 일단 가자."

우리는 두바이를 경유해 런던으로 가는 비행편을 찾았다. 출발시간은 자정 무렵이었다. 비행시간은 늘어났지만, 선택의 여지는 없었다. 온 세상이 나의 여행을 저지하려는 것 같아서, 무조건 떠나야겠다는 오기가 생겼다. 아랍에미리트 항공기를 타러 가는 길 또한 쉽지 않았다. 이번에도 탑승시간이 촉박했다. 폭설이 내리는 가운데, 인천국제공항 제2여객터미널에서 제1여객터미널로 이동하는 셔틀버스를 타야 했다. 셔틀버스 안도 아수라장이었다. 바깥은 폭설이 내리는 가운데 버스 안은 여행자들로 가득해 피난길을 떠나는 기분이었다.

도시 독립생활

겨우 탑승 수속을 마쳤다. 이번엔 비행기가 뜰 수 있을까. 아랍에미리트 항공 기장은 상황을 친절히 설명해주었다. 중간에 비행기 제설 작업을 하던 차의 기름이 떨어져 주유를 하고 오느라 시간이 지체되었으나, 제설 작업이 끝나면 출발할 수 있을 거란 희망의 소식까지 전해주었다. 그렇게 제설 작업을 하는 동안 세 시간 정도가 지났고, 곧 이륙할 수 있을 거란 얘기가 들려왔다.

마침내, 드디어! 비행기가 이륙한다는 방송이 나왔다. 비행기는 활주로로 서서히 움직였다. 아침 10시 40분에 출발 예정이던 비행기가 다음 날 새벽 4시에 출발했다. 왠지 울컥하기까지 했다.

우리는 두바이를 경유해 예정보다 하루 늦게 런던에 도착했다. 공항과 비행기 안에서만 이틀을 보낸 탓에 런던 숙소에 도착해서야 48시간 만에 '가로로' 누워서 잘 수 있었다. 시차 적응을 할 것도 없이 나는 바로 쓰러져 잠들었고, 다음 날 아침 일어난 우리는 런던 버스를 타고 런던의 한 카페에 갔다. 커피와 달걀프라이를 곁들인 브런치를 먹고 나서야 여행지에 도착

했다는 실감이 났다.

　나는 여행 도중 내가 평소에 가지고 있는 두려움이 뭐였는지 곰곰이 생각했다. 그건 내 통제권을 벗어나는 것에 대한 두려움, 불확실한 상황에 놓이는 것에 대한 두려움이었다. 내가 그동안 얼마나 익숙한 장소와 상황에만 머물러 있으려고 했는지, 익숙한 방식으로만 살려고 했었는지도 실감하게 됐다. 여행이 애초에 내 맘대로 안 되는 세상을 탐험하는 것이라면, 런던으로 가는 도중에 마음대로 되는 게 하나도 없었다는 게 오히려 고마운 일이었다.

　여행은 낯선 사람이 되는 것이다. 나의 고정된 사회적 지위나 정체성을 내던지고 오직 '여행자'가 되어, 미지의 장소로 이동하는 것이다. 낯선 땅에서 내가 사회적 약자가 되는 상황을 감수하고 순간순간 마주치는 낯설고 어려운 상황을 마주하며 모험을 벌여야 한다. 기왕이면 그곳에서 즐거움까지 누리고 와야 한다. 여행하면서 터져 나온 나의 내면에 잠재돼 있던 두려움들은 어처구니가 없을 정도로 과장됐거나, 때론 근거가 없는 것이었다. 나는 너무 최악의 상황만을 염두에 두고 있었다.

도시 독립생활

나의 친척인 여행 동행인에 대해서도 더 잘 알게 되었다. 그가 문제를 대하는 방식과 태도—문제에 부딪혔을 때 적극적으로 대처하고, 과감하게 방향을 틀고, 낯선 사람에게 적극적으로 도움을 요청할 줄 아는—는 인상적이었다. 마치 '해결사'와 함께 다니는 느낌이었다.

런던 지하철을 이용하는 법을 익히고 런던의 생활에 어느 정도 적응하자 여유가 생겼다. 한국에서 쓰는 교통카드를 영국 지하철에서도 쓸 수 있다는 게 신기했다. 나는 런던에서 뮤지컬을 보고, 코츠월드, 버튼온더워터 등 런던 외곽의 아름다운 도시들을 구경했다. 석회암 절벽인 세븐 시스터즈의 절경도 보았고, 해안 도시인 브라이튼에서 무지개도 목격하며 여행의 감흥을 즐겼다. 물론 런던에 도착해서도 크고 작은 불확실성은 우리를 덮쳤다. 숙소의 라디에이터가 작동하지 않아서 추운 밤을 보내야 했던 것도 예상하지 못했던 일이었다.

그렇게 여행 마지막날이 왔다. 이번 여행의 대미를 장식할 마지막 혼돈이 우리를 기다리고 있었다. 아이러니하게도 그 혼돈은 낯선 곳이 아닌 먼 고국에서 날아왔다. 45년 만에 선포

히치하이커의 마음으로

된 '비상계엄'이란 이름으로.

　귀국 당일 오전, 런던 내셔널 갤러리에서 명화를 관람하고 트라팔가 광장으로 나오는 길이었다. 휴대폰을 보니 네이버 뉴스창에 '비상계엄 선포'라는 속보가 떴다. 너무 비현실적인 뉴스라 처음엔 실감이 나지 않았다. 출국날엔 자연재해가 나를 덮치더니, 귀국하는 날엔 국가 비상 사태가 벌어졌다. 낯선 곳으로 떠나려고 하니 혼돈이 찾아왔는데, 이젠 혼돈 그 자체인 조국으로 다시 돌아가야 했다. 우리는 마음이 조급해져 캐리어를 맡겨둔 가게로 서둘러 향했다. 와중에 런던 지하철에서도 잘 사용하던 교통카드가 갑자기 작동하지 않았다. 불안이 또다시 나를 덮쳤다. 나는 급하게 역에서 지하철 티켓을 끊었다. 우리는 캐리어를 찾아서 히스로 공항으로 향했다. 히스로 공항 출국장 로비에 있는 커다란 삼성 모니터에서는 혼란스러운 한국 국회의 뉴스 화면이 속보로 떴다.

　계엄이 국회에서 해제됐다는 뉴스를 보고 비행기에 올라탔다. 하지만 한국으로 돌아가는 열세 시간 비행 동안 대한민국이 또 어떻게 뒤바뀌어 있을지는 전혀 모르는 상황이었다.

　귀국 후에도 대한민국의 혼돈은 쉽게 사그라지지 않았다. 살아 있는 동안 예상치 못한 혼돈은 끊임없이 우리에게 닥쳐올 것이다. 그리고 그 혼돈을 어떻게 받아들이냐가 삶의 태도를, 그리고 삶의 방향을 결정할 것이다.

나는 어느 다큐에서 본 인생의 피할 수 없는 세 가지에 대해 생각했다.
'고통, 불확실성, 끝없는 노력'.

인생에서 불확실성을 피할 수 없다면, 그 불확실성이 나를 덮칠 때까지 기다리느니 먼저 경계를 넘어 그 속에 뛰어들고, 그 속에서 길을 잃을 용기도 필요하다. 이번 여행이 나의 잠자고 있던 생에 대한 감각을 일깨우고 오기 위한 것이라면 의미가 있었다. <물고기는 존재하지 않는다>의 저자 룰루 밀러의 말처럼, 혼돈(불확실성) 속에는 좋은 것들도 같이 올 텐데, 기꺼이 먼저 몸을 던져야 그 속에 있는 좋은 것들을 놓치지 않을 것이다.

조만간 다시 여행을 떠나야겠다.

히치하이커의 마음으로

안녕, 히치하이커

•

* 이 글은 픽션과 논픽션이 섞여 있습니다.

굳이 히치하이킹을 했던 건 수중에 돈이 없거나, 다른 이동수단을 찾지 못했기 때문은 아니었다. 나는 한참을 혼자 터벅터벅 걷다가 여행자용 휴게소에서 잠시 머물며 쉬어가던 참에, 다시 떠날 때가 되어 휴게소 앞 도로에 서서 혹시 나를 태워줄 차가 있는지 기다렸다.

다소 소심하게 엄지손가락을 치켜들면 눈길도 안 주고 먼지를 풀풀 날리며 지나가는 차가 많지만, 그날은 다행히 발랄한 색상의 경차 한 대가 앞에 섰다.

"어디까지 가는지 모르지만 타세요."

도시 독립생활

사실 히치하이킹을 할 때도 내 마음에 드는 차를 골라 타기 마련이다. 그 경차는 내가 평소에 좋아하는 차종이었기에 주저하지 않고 차에 올라탔다. 운전자가 어떤 사람인지는 전혀 모르지만, 운전자도 나에 대해 모르긴 마찬가지다. 마침 그날은 시간 여유가 있었을 것이고, 내 행색이 딱해 보였거나 최소한 내 인상이 해코지하진 않겠구나 싶어 태워줬을 것이다.

운전자는 호기심 어린 눈빛으로 나의 목적지를 묻는다. 반갑게도, 차 안에 내가 좋아하는 음악이 흘러나온다. 짧은 동행이라도 공통의 관심사를 발견하면 여정은 금세 즐거워진다. 그렇게 금방 유쾌한 말벗이 되는 경우가 있다.

좋았던 첫인상과는 달리, 도로를 달려봐야 알게 되는 것들도 있다. 나를 태워줬던 어떤 운전자는 과속과 난폭 운전을 일삼아 목적지에 내릴 때까지 조수석에 앉아 내내 조마조마한 마음으로 지켜봐야 했던 경우도 있었다. 또 한번은 운전자의 운전석 옆에 마시다 만 맥주캔이 놓여 있어 깜짝 놀란 적도 있었다. 언젠가는 중간에 잠시 휴게소 화장실에 다녀왔더니, 아무 말 없이 떠난 사람도 있었다. 휴게소 앞에 덩그러니 내 배낭을 남겨둔 채.

히치하이킹 중 대화할 거리가 별로 없는 경우도 있다. 그럴 땐 그저 목적지까지 잠자코 있다가, 예의를 갖춰 가볍게 묵례를 하고 내리면 그만이다.

반대로 내 차에 히치하이커를 태운 적도 있다. 어떤 히치하이커에게는 호감을 넘어, 설레는 감정을 느끼기도 했다. 둘만 있는 공간에서 마침 흘러나오는 음악, 또는 아름다운 바깥 풍경에 취했던 탓일 수도 있다. 들뜬 감정이 고조된 상태에서 손을 잡기도 하고, 잠시 갓길에 차를 세우고 입을 맞추기도 했다. 그러다 안개가 자욱이 낀 산길에 들어서게 되었는데, 비상등을 켜도 앞이 잘 보이지 않는 상황이었다. 하지만 우리는 길을 잃었다는 것이 그다지 두렵게 느껴지지 않았었다. 알고 보니 그 사람이 가고자 하는 곳은 꽤 먼 곳이었다. 애초의 나의 목적지는 잊고, 기꺼이 그곳까지 동행했다.

그곳은 국경 너머에 있는 어떤 도시였다.

국경을 넘었다가 돌아오는 차 안은 다소 조용해졌는데, 나는 마냥 들떠 앞을 보며 말했다.

"사랑은 같은 방향을 바라보는 것이라고 생텍쥐페리가 말했죠. 지금 우리처럼요."

그런데 그 사람은 옅은 미소를 짓더니 나를 쳐다보지도 않고 예상치 않은 답변을 했다.

"아뇨, 사랑은 서로를 바라보는 것이에요."

그러고 보니, 운전하는 동안 내가 주로 바라본 것은 그 사람의 옆얼굴이었다.

아무리 여정이 즐거웠더라도, 서로의 목적지가 달랐음을 확인하는 순간은 오기 마련이다. 히치하이킹의 끝엔 작별이 있었고, 작별 인사의 순간도 너무도 짧았다. 한번 차에서 내리면 다시 만나긴 어렵다는 걸 알기에 늘 안타까웠지만, 어쩜 그게 더 히치하이커다운 이별인지도 모르겠다.

히치하이커의 마음은 히치하이커가 가장 잘 아는 법. 히치하이커로 살아가면서 느끼는 본질적 피로감을 알기에, 내 차에 타는 히치하이커에겐 최대한 편안하게 해주려고 했다. 화려한

히치하이커의 마음으로

차체를 자랑하거나 배기량을 자랑할 만한 차는 아니지만, 승차감이 좋아야 피로감을 덜 느낄 테니까. 혼자 드라이브를 하며 신나는 음악을 틀어놓거나, 바깥 풍경을 감상하며 사색에 빠지는 것도 좋지만, 그래도 혼자 다니는 건 좀 심심하니까, 누군가가 내 앞에서 엄지를 들고 서 있거나 내 문을 두드린다면 나는 기꺼이 차창을 내리고 말할 것이다.

"안녕, 히치하이커."

도시 독립생활